dear+ novel
Hanawa shitoneni saki kuruu 6 koi to yami・・・・・・・・・・・・・・・・・

# 華は褥に咲き狂う6 ～恋と闇～

宮緒 葵

新書館ディアプラス文庫

# 華は褥に咲き狂う 6 ～恋と闇～

contents

## 宮緒 葵「華は褥に咲き狂う」（イラスト・小山田あみ）

### 「あらすじ」

庶出の出ながら奇妙な巡り合わせで将軍位を継いだ光彬《みつあき》。
慣例に従い都から迎えた御台所《みだいどころ》――純皓《すみひろ》は、
絶世の麗人ではあるものの紛れもない男だった。
かつて光彬に危機を救われたことのある純皓は実は闇組織の長《おさ》で、
あらゆる手を尽くし輿入《こしい》れしてきたのだ。
最初こそ戸惑う光彬だが、純皓の熱にあてられるように夢中になっていく。
幕府の反対勢力や市井《しせい》で起こる様々な事件に力を合わせて
立ち向かううち絆《きずな》は強まり、ふたりは民も羨《うらや》む相思相愛の夫婦《めおと》となる。
当然側室を取るつもりはなかったが、光彬の子を望む
人ならざる存在“玉兎《ぎょくと》”の動きがあからさまになってきて……？

### 人物紹介

紫藤純皓
（しとう・すみひろ）
西の都出身の光彬の御台所。
裏の顔は闇組織『八虹（やこう）』の長。
目的のためなら手段を
選ばない非情な性格だが
光彬が聖域。
七條光彬
（しちじょう・みつあき）
恵渡幕府第八代将軍。
剣に秀で、公平で優しいみんなの上様。
祖父・彦十郎の薫陶を受けて
真っ直ぐに育った
天性の人たらし。

**門脇小兵衛**（かどわき・こへえ）

光彬の乳兄弟にして側用人。
頑固で融通がきかない。鬼瓦のような風貌だが、
ドMの素質があり咲の尻に敷かれている。

**咲**（さき）

表向きは純皓付きの小姓で小兵衛の妻、
裏の顔は『八虹』における純皓の腹心。
可憐な少女の姿だが実は男でドS

**鬼讐丸**（きしゅうまる）

光彬が祖父より受け継いだ愛刀。
元は妖刀だったが、現在は守護聖刀に。
童子姿の剣聖がついている。

**榊原彦十郎**（さかきばらひこじゅうろう）

光彬の母方の祖父。懐深く誰からも愛された。光彬が15のときに他界。

**小谷掃部頭祐正**（こたにかもんのかみすけただ）

民に絶大な人気を誇る南町奉行。時に光彬の微行を助ける。

**虎太郎**（こたろう）

町火消『い組』の親分。彦十郎の信奉者で光彬の兄貴分。

**玉兎**（ぎょくと）

彦十郎に執着する、人ならざる存在。

＊詳しくはディアプラス文庫「華は褥に咲き狂う1〜5」をご覧ください（1〜4巻は電子にて発売中）。

illustration：小山田あみ

# 華は褥に咲き狂う6

## 〜恋と闇〜

新しい年を迎え、恵渡《えど》のみならず、陽ノ本《ひのもと》じゅうの庶民が浮かれさざめいていた頃――。

天下万民《ばんみん》を導く将軍の住まう恵渡城は、新春の華やぎとは無縁の緊張感に満ちていた。切れる寸前の糸のように張り詰めた空気の中心は、本丸御殿表《ほんまるごてんおもて》でも最も広い大広間だ。

八代将軍・七條光彬《しちじょうみつあき》は一段高い上段の間に座し、来客の到着を待っていた。両脇に侍《はべ》る小姓《しょう》の永井彦之進《ながいひこのしん》は刀を持つ手をわずかに震わせ、側用人《そばようにん》にして乳兄弟《ちきょうだい》の門脇小兵衛《かどわきこへえ》は鬼瓦《おにがわら》と揶揄《やゆ》される顔をいっそう厳《いか》めしく強張《こわば》らせている。

下段の間には老中《ろうじゅう》や若年寄《わかどしより》、奉行衆《ぶぎょうしゅう》といった重臣中の重臣が威儀《いぎ》を正して居並び、板の間の廊下には側衆《そばしゅう》たちが控えるが、いずれも身動《みじろ》ぎ一つしない。しわぶきすら漏れぬ異様な静けさの中、長袴《ながばかま》の裾《すそ》をさばきながら、先導役の奏者番《そうしゃばん》が廊下を渡ってくる。

その後から衣冠束帯《いかんそくたい》で正装した二人の公卿《くぎょう》が現れると、光彬以外の全員がいっせいに頭を下げた。

ざざあ、と衣擦《きぬず》れが波音のように響く中、公卿の一人は側衆たちのすぐ前でひざまずく。光彬の手前、上段の間を下りてすぐのところまで進んだもう一人の公卿が小さく鼻を鳴らし、もったいぶった仕草で腰を下ろした。

「――大納言廣橋公頼《だいなごんひろはしきみより》様、西の都より武家伝奏《ぶけてんそう》就任及び年賀のご挨拶に参られました」

先導役を務めた奏者番が、よく通る声で言上《ごんじょう》する。

光彬は小さく頷いた。

「大儀《たいぎ》である。…面《おもて》を上げよ」

「……はっ」

幕臣たちに少し遅れ、身を起こした廣橋は、光彬のまとう直垂《ひたたれ》に眉を顰めた。

直垂は武家の正装だが、都の宮中に参内《さんだい》する際は公家《くげ》の正装たる衣冠束帯を身に着けるのが決まりだ。恵渡城内であっても、帝からの使者を迎えるのだから、将軍その人でも衣冠束帯を着るべきだろう。これだから野蛮な武家は——廣橋の苛立ちがひしひしと伝わってきて、光彬は内心苦笑した。

……ずいぶんとまた、わかりやすい男がやって来たものだ。

武家伝奏とは、幕府の奏請《そうせい》を朝廷に取り次ぐ役職のことだ。高位の公家が任じられ、将軍と帝の橋渡し役となるのが務めとされるが、朝廷から政《まつりごと》の実権が取り上げられて久しい今、幕府の一方的な要請を朝廷に伝えるだけの連絡係と化しているのが実情だった。

幕府の権威を見せ付けられ、都に戻れば幕府の伝書鳩《でんしょばと》と嘲笑されるのでは、気位の高い公家は面白くないだろう。だが武家伝奏には幕府から高禄《こうろく》が与えられるため、困窮《こんきゅう》する公家の間では奪い合いになっているという。

数か月前、前任の武家伝奏が病没した際、廣橋はほうぼうに金子《きんす》を配り歩いて後任の座を射とめたと聞く。

前任の武家伝奏とは光彬も何度か対面したことがあるが、内心はどうあれ、よけいな波風を立たせず職務をまっとうする温厚《おんこう》な老公家だった。しかし見たところ光彬とさほど変わらない年代の廣橋は、名門公家でありながら武家の棟梁《とうりょう》たる将軍にひざまずかざるを得ない現状がもどかしくてたまらないようだ。もっとも、官位だけを言うなら、征夷大将軍《せいいたいしょうぐん》にして内大臣と右近衛大将《うこんえのだいしょう》を兼ねる光彬の方が高いのだが。

「遠く西の都より、よくぞ参った。大納言は初の恵渡入りであろう。恵渡の食事は口に合ったか？」

気さくに笑いながらあえて砕けた話題を振ったのは、未だ色濃く漂う緊張を少しでも和《やわ》らげてやりたかったからだ。

相手になめられないよう、神経を尖らせているのは幕臣たちも同じ。忠誠を捧《ささ》げた上様が高慢な公家に無礼な振る舞いをされないかと、彼らは光彬と廣橋の遣り取りを固唾《かたず》を飲んで見守っている。名門公家から輿入《こしい》れし、夫であった先代将軍…光彬の亡き父を見下し続けた大御台所《おおみだいどころ》の態度は、未だ記憶に新しい。

廣橋たち武家伝奏の一行が恵渡に到着したのは、一昨日《おととい》のことだ。宿泊所としてあてがわれた七條家ゆかりの大寺院に入り、一日ゆっくり旅の疲れを癒《いや》してから将軍との対面に臨《のぞ》んでいる。

三度の食事には恵渡城の賄方《まかないかた》から腕のいい台所人が遣わされ、恵渡の海の幸を振る舞ったはずだ。海が遠い都の公家には、新鮮な味だっただろう。

「…たいへん、美味にございました」

しばらく間を置いてから、廣橋は都訛《なま》りの残る口調でやっとそれだけ答えた。わずかに顔を背《そむ》けたのは緊張ゆえであろう、と光彬は微笑ましくなる。

橘《たちばな》の木のように凜々《りり》しくも爽《さわ》やかな、都の殿上人《てんじょうびと》にも劣らぬ貴公子ぶりの若き将軍に、しょせん東夷《あずまえびす》ふぜいがと侮《あなど》っていた廣橋が敗北感を覚えているなどとは考えもしない。反対に、幕臣たちが内心鼻高々でいることも。

「それは良かった。食材は全て恵渡の地のものだが、献立《こんだて》には余《よ》の御台《みだい》も意見を出してくれたから、御台も喜ぶであろう」

「…恐悦至極《きょうえつしごく》に存じます」

今度はすぐに応《いら》えが返ったが、ごく短い上に話を発展させようがないほど素っ気ない。

それからも光彬は何度か話題を振ってみたものの、やはり返るのは短い返事のみで、せっかく和らぎつつあった場の空気は再び緊張を帯びていった。両脇の彦之進や門脇のみならず、腹芸に長《た》けたはずの老中たちにいたるまで、渋面《じゅうめん》を隠そうともしない。

当然と言えば当然だった。普通、身分が高い者ほど言葉の数は少ないものなのだ。そうやって威厳を示す。将軍たる光彬がわざわざ決まりを破ってまで話しかけてやっているのに、廣橋がろくろく答えないのでは、光彬の方が低い身分だと見下されているも同然である。

身分などしょせん記号のようなもの。何を言われようと光彬は気にしないが、ここまであからさまな態度を取られれば、幕臣たちの手前、咎《とが》めないわけにはいかなくなる。

「――卒爾《そつじ》ながら、発言をお許し頂けましょうか」

玲瓏《れいろう》たる声を響かせたのは、側衆たちの前で控えていたもう一人の公卿だった。廣橋の補佐役として随行《ずいこう》してきたその男がうつむけていた顔を上げたとたん、幕臣たちの口から感嘆の溜息が漏れる。

歳は三十代の半《なか》ばに差しかかったあたりか。決して若くはないが、重ねた年月は雅《みやび》な美貌にえもいえぬ艶めきを添えている。廣橋と同じ束帯姿からは、顔と手先しか露出していないにもかかわらず、廣橋には…いや、他の誰にも絶対に持ちえない色香が立ちのぼっていた。どうして今まで、この男に注目せずにいられたのかと驚かずにはいられないほどに。

絵巻物から抜け出してきたかのような貴公子は、絡み付く視線をたやすく受け止め、はんなりと微笑んだ。紅《べに》も塗らないのに不思議と紅い唇を、口元の黒子《ほくろ》がなまめかしく彩《いろど》る。

「……、……許す。近《ちこ》う寄れ」

純皓《すみひろ》、と愛しい妻の名を呼びそうになるのを、光彬はすんでのところで堪えた。…顔の造りはまるで似ていない。純皓が咲き誇る牡丹《ぼたん》なら、この男はさながら季節を無視して狂い咲く桜花だ。現世《うつしよ》のものとは思えぬくらい艶麗《えんれい》なのに、ひどく禍々《まがまが》しい。

なのに何故、純皓にこの男が重なる――？

「上様のありがたき仰《おお》せに感謝いたします」

たばさんだ扇子を揺らし、廣橋の斜め後ろまでにじり寄る仕草の一つ一つが洗練されている。補佐ということは廣橋より官位は低いのだろうが、風流と優美を旨《むね》とする公家としてはこちらの方がはるかに上だ。

「…か、勝手な真似を…」

廣橋は肩越しに抗議しかけたが、男が笑みを深めるや、ぐっと黙り込んだ。己の態度が誉められたものではないという自覚は、さすがにあるらしい。

袍《ほう》の広袖をふわりとひるがえし、男は居住まいを正した。

「大納言の醜態《しゅうたい》をどうかお許し下さい。どうやら上様の堂々たるお姿と慈悲深いお心に感動し、まともに口も開けぬ有様のようにございますゆえ」

「……ほう?」

「と申しますのも、我らは上様より多大なるお心遣いを頂いたおかげで、都から恵渡までの道中をこの上無く快適に過ごすことが叶いました。雄大なる富士の山を望むにつけ、華やぐ恵渡の町を眺めるにつけ、上様はどれほど優れた政を布《し》いておられるのかと、大納言は胸を膨《ふく》らませておりましたもので…」

男の言葉を、鵜呑《うの》みにする者は居ないだろう。

だが誰もが理想とする都人そのものの男に自慢の上様を絶賛され、恵渡の町を誉めちぎられれば、幕臣たちとて悪い気はしない。射殺さんばかりに廣橋を睨み付けていた幕臣たちの顔が、誇らしげに緩《ゆる》んでいく。

「こうしてじかに対面が叶い、我を忘れてしまったようにございます。無礼は重々承知なれど、広いお心にてお許し頂きとうございまする」

そう頭を下げられれば、光彬も咎めだてせずに許してやることが出来る。

「うむ。都より参った大納言がそう思うてくれること、余も嬉しいぞ。…六日後には武芸上《ぶげいじょう》覧《らん》も控えておる。それまではゆるりと身体を休めるといい」

「ありがたき幸せにございます。大納言も、言葉にならぬほど感激している様子。…左様《さよう》でございましょう？」

「…っ、はっ。そ、その通りにおじゃります」

水を向けられ、廣橋はこくこくと頷いた。どちらが本物の武家伝奏なのか、これではわかったものではない。幕臣たちから意地の悪い笑みが漏れる。

上手いものだな、と光彬はひそかに感心した。

おそらく男はわざと廣橋を笑い者にさせ、幕臣たちの溜飲《りゅういん》を下げさせたのだ。武家伝奏一行は一月《ひとつき》ほど恵渡に滞在し、幕府の歓待を受けつつ、高位の幕臣や大名家との顔繋ぎに励《はげ》まなければならない。将軍の重臣たちの機嫌を損ねたままで《そこ》は、やりづらくてたまらないだろう。

もっとも、補佐役の献身にも気付かず屈辱に頬を染めている廣橋では、また同じ過《あやま》ちを繰り返してしまいそうだが。

「ご厚情《こうじょう》、重ね重ね感謝いたします。この御恩は決して忘れませせぬ」

「…待て。そなたの名は？」

恭《うやうや》しく頭《こうべ》を垂れ、廣橋と共に下がろうとした男を、光彬はとっさに呼び止めた。男は優雅に向き直り、唇をほころばせる。不思議となまめかしいその口元の黒子に、光彬の目は自然と吸い寄せられる。

「これは、失礼いたしました。私は紫藤麗皓《しとうつぐひろ》と申します」

「…紫藤、だと？」

はっとしたのは光彬だけではない。列席した幕臣たちはどよめき、無遠慮な視線を男に…麗皓に突き刺す。

それもそうだろう。紫藤家と言えば摂政《せっしょう》と関白《かんぱく》を輩出《はいしゅつ》してきた都一の名家であり、光彬の御台所たる純皓の生家でもある。決して、武家伝奏の補佐役に甘んじて良い家柄ではないのだ。

だが、光彬が思わず身を乗り出してしまったのは、麗皓が予想よりはるかに高貴な身分だったせいではない。その名前に、覚えがあったのだ。

「そなたは、純皓の…」

「……はい」

無意識にこぼれた妻の名に、麗皓は懐かしそうに微笑んだ。その瞬間だけ、得体の知れない禍々しさが薄らぐ。

「私は右大臣、紫藤純孝《すみたか》の次子《じし》…畏《おそ》れ多くも、御台所様の異母兄に当たります」

その夜、慌ただしい一日を終えると、光彬はいつものように妻のもとへ向かった。

将軍の住まいである本丸御殿の中奥《なかおく》から固く閉ざされた御錠口《おじょうぐち》をくぐり、お鈴廊下を渡れば、その先は大奥――陽ノ本に生まれた男なら誰もが一度は夢見る、美女がひしめく極楽の花園だ。足を踏み入れられる男はただ一人、将軍その人だけ。

「お疲れさまでございました、上様。今宵《こよい》もお渡り下さり、嬉しゅうございます」

慎ましく手をつかえ、出迎えてくれたのは光彬の唯一の妻…御台所の純皓だ。夜更けとあって白絹の夜着を纏《まと》ったきりの簡素な装《よそお》いだが、内側から光り輝くばかりの美貌はいささかも損なわれはしない。むしろ白粉《おしろい》もはたかないのに白く艶めく肌や、思わず手を伸ばしたくなる黒髪、夜着に包まれた肢体《したい》のしなやかさをいっそう引き立てる。

まさに、繚乱《りょうらん》の花々に君臨する百花《ひゃっか》の王だ。たとえその身が光彬と同じ男子《おのこ》で、光彬より長身の引き締まった体躯《たいく》の主だとしても。

……ああ、やはり似ている。

花をもあざむく麗《うるわ》しい妻の微笑みに、光彬は昼間対面した男…麗皓を重ねずにはいられなかった。顔の造りではなく、その身に纏う空気がそっくりだ。どんな朴念仁《ぼくねんじん》の心も蕩《とろ》かし、絡み付く蜜《みつ》のような。

「…上様ったら、そのようなお顔をなさって」

夫の心によぎる自分以外の面影を、聡《さと》い純皓は見逃さなかったようだ。音も無く立ち上がり、すっと身を寄せる。甘い吐息がかかるほど近付けられた顔が、貞淑《ていしゅく》な妻から嫉妬深い男のそれに変わる。

「俺と一緒に居る時に、俺以外の誰を思っているんだ…？」

「純皓…」

夫婦となって、はや四年。すっかり馴染んだ白檀《びゃくだん》の香りに胸を高鳴らせながら、光彬は己より長身の妻の背に腕を回す。

「すまん。やはり、似ていると思ってしまってな」

「似ている…？」

「ああ。…お前の兄、麗皓に」

その名を告げれば、夜着に包まれた肩がびくりと震えた。闇を凝《こご》らせたような黒い瞳は、珍しく驚愕に見開かれている。

「麗皓兄上に、会ったのか？　…いつ、どこで⁉」

「今日、新たな武家伝奏が年賀の使者も兼ねて、就任の挨拶に来たのはお前も知っているだろう。麗皓はその補佐役として同行していたのだ」

「…武家伝奏の、補佐役だと？　あの麗皓兄上が…？」

光彬の両肩を掴み、純皓は呆然と呟いた。燭台《しょくだい》の炎が小さく爆《は》ぜ、畳《たたみ》に落ちる影を揺らめかせる。

「…ここは冷える。あちらへ行こう」

光彬は純皓の腕を叩き、たっぷりと炭をくべられた火鉢の側《そば》に移動する。互いに寄り添うように腰を下ろし、鮮やかに小太刀《こだち》や刀子《とうす》を扱うとは思えぬほど白くなめらかな手を握ってやれば、純皓はそっと握り返してきた。

「…すまない、光彬。その、少し驚いてしまって…」

「構わん。驚いたのは俺も同じだ」

何せ、麗皓は光彬と純皓が西の都で出逢った頃…十年以上前に姿を消して以来、ずっと行方知れずのままだと聞いていたのだ。正室腹の次男でありながら、唯一純皓に良くしてくれた異母兄である。いつか会ってみたいと思ってはいたが、まさかあんな不意打ちのような形で対面するとは。

「しかし、武家伝奏一行の人員は、前もって知らされていただろう？　俺も確認したが、兄上の名前は無かったはずだ」

「恵渡に出立《しゅったつ》する直前に、本来の補佐役が急な病に倒れたそうだ。そこで右大臣…お前の父上が麗皓を推挙《すいきょ》したらしい」

「…確かに、あの男の推薦なら誰も文句は言えなかっただろうが…」

問題はそこじゃない、と形の良い眉を寄せる純皓に、光彬も頷いた。

「十年以上もの間、麗皓はどこで何をしていたのか。どうして今になって都に舞い戻ったのか。そもそも何故、姿を消したのか…俺も気になったが、あの場で問いただすわけにはいかなかった」

すまん、と詫《わ》びれば、肩に温かな重みが加わった。頭をもたれさせた純皓が、悩ましげな息を漏らす。

「仕方無いさ。重臣たちが居並ぶ中で、そんなことは聞けないだろう」

触れ合った部分から染み込む温《ぬく》もりは、いつもなら昼間の疲れを溶かしてくれるのに、今夜に限って胸を乱されるのは、未だに鮮明な苦い記憶のせいかもしれない。

――三月《みつき》ほど前、光彬は悲しい別れを体験した。ゆえあって遠い地で育った異母弟・吉五郎《きちごろう》が光彬に会うためはるばる恵渡まで出て来てくれたのに、陰謀に巻き込まれ、まだ幼いと言ってもいい命を散らしてしまったのだ。…光彬の腕の中で。

幕府の安定のため、弟と公《おおやけ》に認めることも、亡き父と同じ墓所に葬ってやることも叶わなかった。だが、最期《さいご》を看取《みと》ってやることは出来た。頼もしい臣下たちや、純皓が力を貸してくれたおかげで、恐ろしい陰謀を暴《あば》けたからだ。

麗皓の存在を聞かされたのは、その折である。

純皓は唯一自分に優しかったという異母兄を、ただ懐かしむだけだった。会いたいとは言わなかった。だからこそ光彬は、離れればなれになってしまった兄弟を再会させてやりたいと密かに思い続けてきたのだ。…異母弟と最期しか共に出来なかった、光彬の分まで。

今日の出会いには驚かされたが、せっかく麗皓が現れたのだ。この好機を逃す手はあるまい。

「安心しろ、純皓」

光彬は握ったままの手を持ち上げ、そっと口付けた。

「麗皓には、大奥までお前に会いに来るよう頼んでおいた。いずれ日取りの打診があるだろう」

「…え？」

長い睫毛《まつげ》に縁取《ふちど》られた瞳が、ぱちぱちとしばたたいた。慕《した》った兄の影響か、今宵の純皓はどこか幼げで可愛らしい。幼い頃はいっそう可愛らしかったはずだから、麗皓も愛さずにはいられなかっただろう。

御台所を初め、一度でも将軍の褥《しとね》に侍《はべ》った者は基本的に大奥の外には出られないが、大奥に設《しつら》えられた御対面所《ごたいめんじょ》に親族を招くことは許されている。御台所の兄、それも紫藤家の人間なら何の問題も無い。

「兄弟水入らずで、ゆっくり語り合うといい。麗皓もきっと、お前にならこれまでのことを打ち明けてくれるだろう」

自分と吉五郎の分まで、純皓には兄弟の絆《きずな》を大切にして欲しい。死んでしまったら、言葉を交わすことすら叶わないのだから。

「…光彬…」

聡明な妻は、光彬の思いを察してくれたようだ。絡めた指をそっと解《ほど》き、夫の腰に腕を回す。

「ありがとう。兄上とは、いつか会って話したいと思っていた。…向こうから来てくれるなら、ちょうどいい…」

剣呑《けんのん》な呟きはごく小さく、寄り添っていてもうまく聞き取れなかった。

だが、聞き返す余裕は無い。腰を撫でていた純皓の手が腰紐を器用に解き、夜着をはだけてしまったから。

「す、…純皓？」

とろりと蕩ける流し目は、連れ添って四年にもなる夫さえどぎまぎさせるほどの艶を孕《はら》んでいた。行灯《あんどん》と炭火に淡く照らされた薄闇が、肌に絡み付くような粘《ねば》り気を帯びる。

「なあ、光彬。…兄上は、どんな御方《おかた》だった？」

十年も経《た》てば、人は変わる。

長らく行方知れずだった異母兄の様子が気になるのは当然だ。当然なのだが——何故、光彬の下帯《したおび》の中に手を潜《もぐ》り込ませる必要があるのだろう？

「そ…、そうだな…。…頭の良い御仁《ごじん》だな」

「…ほお？」

まだ柔らかい肉茎《にくけい》に絡む長い指に気を取られつつも答えれば、意外そうな声が漏れた。ともすれば上擦《うわず》ってしまいそうな声で、光彬は大広間での経緯《けいい》を説明する。

「麗皓の機転が無ければ、俺は大納言を咎めなければならなかったし、大納言も今後かなりやりづらくなっていたはずだ」

「……」

「見たところ、大納言も麗皓には一目置いているようだ。大納言のような男は、年長でも己より身分の低い者の意見など歯牙《しが》にもかけないだろうにな。少なくとも麗皓が傍《そば》に控えている限りは、大きな失敗は犯すまい」

そこからも、紫藤麗皓という男の器の大きさが窺える。己は決して出過ぎず、補佐に徹してくれる存在のありがたさは、光彬も身に染みている。

「それだけか？」

「…？　そうだが…どうしたのだ？」

麗皓と対峙《たいじ》したのは四半刻《しはんとき》にも満たない時間だったのだから、読み取れたのはそのくらいだ。

戸惑う光彬の肉茎を、純皓はやんわりと握り込む。

「……俺と兄上が、似ていると言ったな？」

「…っ、あ、ああ…」

「…兄上も美しいと思わなかったのか？　兄上に…惹かれなかったのか？」

「は…っ、…何故?」

先端を抉《えぐ》られ、肉茎は妻の手でたやすく鎌首《かまくび》をもたげていく。ぶるりと背を震わせ、光彬は凄絶《せいぜつ》なまでの色香を溢れさせる眼差しを受け止めた。

「お前という妻が居るのに、他の者に目移りするわけがないだろう」

「…光、彬…」

「俺が心から美しいと…愛おしいと思うのは、お前だけだ。純皓…」

愛している、と告げることは出来なかった。おとがいを掬《すく》い上げられ、そっと唇を重ねられたせいで。

「…俺もだ、光彬」

触れただけで離れていった紅い唇を、口元の黒子が彩る。麗皓とそっくり同じ位置にあるそれは、二人の血の繋がりを証明する絆のようでありながら、麗皓には絶対に覚えないだろう陶《とう》酔《すい》を光彬にもたらすのだ。

「俺も……お前を愛している。俺の夫は、お前だけだ…」

「……純皓……」

愛おしさに眇《すが》められた黒い双眸《そうぼう》に促《うなが》されるがまま、光彬は身体の力を抜いた。純皓は朱唇《しゅしん》を艶然と歪《ゆが》ませ、自分より小柄な夫を抱き上げる。

「ああ…、…純皓…」

柔らかな褥に下ろされるや、光彬は妻に両手を伸ばした。

中途半端に高められた熱が、下帯の中でくすぶり続けているのだ。この熱を発散させてくれるのは純皓しか居ない。

「…ふふ…、光彬…」

自《みず》らの手で慰めることを思い付きすらしない夫を愛おしむように、純皓は微笑んだ。

腰紐を解き、白絹の夜着を脱ぎ去れば、純皓の全てが曝《さら》け出される。薄闇でなお輝くばかりの白い肌も、光彬より逞《たくま》しく引き締まった裸身も……その股間で隆々《りゅうりゅう》と天を仰ぐ肉刀《にくとう》も、全てが。

「…そんなに欲しいのか？　俺が…」

「あ…、…あ…」

うっすらと口を開け、何度も頷く光彬は、狐狸《こり》かあやかしにでも化《ば》かされた憐れな人間に見えるかもしれない。だが誰もが、今の純皓にならたぶらかされ、虜《とりこ》にされたいと願うだろう。

薄闇に咲き誇る、気高《けだか》くも妖艶な麗花《れいか》――。

「……ん…っ、…ぅ……」

濃厚な白檀の香りに鼻腔《びこう》をくすぐられた時には、一糸纏《いっしまと》わぬ姿の純皓に組み敷かれていた。

両手の指を絡められ、褥に押さえ付けられながら、唇を貪《むさぼ》られる。さっきとは比べ物にならないほど深く…激しく。

「ふ…、…ぅっ、……」

性急に舌を搦《から》めとられ、光彬は薄く目を開いた。…今宵の妻は少し変だ。いつもなら互いにとりとめのない会話を楽しみ、じゃれ合うように夜着を脱がせ、ゆっくりと肌を重ねていくのに、今宵は妙に急いでいるような…余裕が無いように思える。

……麗皓の居場所が、わかったからか？

家族からまるで顧《かえり》みられなかった純皓に、たった一人、優しくしてくれたという異母兄。長い間探し求めていた兄が同じ恵渡に居ると知り、人恋しさが募ったのだとすれば、何とも哀れで切ないことだ。光彬は麗皓の代わりにはなれないけれど、夫として…死ぬまで生を共にする伴侶として、妻の寂しさを埋めてやりたい。

……愛しい、俺の純皓……。

胸の奥で囁き、光彬は股間を純皓のそこに押し付けた。拘束の緩んだ手をそっと引き、互いの狭間《はざま》に滑り込ませる。

「…、…っ…」

びくりと身を震わせた純皓の後ろ頭に、もう一方の手を回して引き寄せる。いっそう深く入り込んできた舌を、光彬は混ざり合った唾液《だえき》ごと吸い上げた。下帯を緩め、勃《た》ち上がりかけた肉茎を取り出しながら。

すでに狂おしく漲《みなぎ》っていた純皓の肉刀は、光彬のものと重ね合わされたとたん、とぷりと大量の先走りを溢れさせた。ぬめる液体を纏わせ、二振《ふたふ》りの肉の刀を扱《しご》いていく。最初はゆるゆると、だんだん強弱をつけ、ぬちゅぬちゅと淫《みだ》らな音を響かせる。

「ふ、……」

己の舌の動きをなぞられているのだと、聡い純皓はすぐに気付いたようだ。喉奥に笑いを含ませ、光彬の背中に両手を潜らせる。

「……うっ！」

浮き出た肩骨を這い、その先のくぼみを撫でる指先が、瑞々《みずみず》しい肌に官能の炎を灯《とも》していく。わななく口蓋《こうがい》をあやすように舐《な》め、純皓は再び舌を絡めた。

もっと欲しい、わずかな隙間すら無いほど抱き締めて欲しい。声にならない願いを聞き取り、光彬は互いの肉刀を扱く手に力を込める。純皓のこれを腹の中に受け容《い》れ、締め上げてやる時のように。

ぬちゅり、くちゅりと粘ついた音を漏らすのは絡まり合った舌なのか、光彬の手の中で昂《たかぶ》っていく肉刀なのか。

どちらともわからなくなった頃、手の内の肉刀がぶるりと胴震《どうぶる》いし、熱い飛沫《しぶき》をぶちまける。

「く…っ、う…」

「…っ、光彬…！」

たまらず口付けを解いた唇から、夫婦は同時に熱情に蕩けきった嬌声《きょうせい》をこぼした。純皓は力の抜けた光彬の手を引き寄せ、二人分の精に濡れた掌《てのひら》に愛おしげに頬を擦《す》り寄せる。

したたる精を紅《あか》い舌で舐め取る姿はなまめかしいのにどこか幼くもあり、その落差が光彬の胸をかき乱した。…ずっとそうだ。楚々《そそ》とした妻でありながら時に密かに、時に大胆に戦う。闇組織「八虹《やこう》」の長《おさ》という正体を明かされる前から、光彬は妻の背反《はいはん》する本性に魅せられてきた。

……麗皓も、そうだったのだろうか。

あの男もまた純皓の二面性に気付き、愛《め》でていたのかもしれない——そう思うと、胸の奥がざわめいた。麗皓と純皓は兄弟だ。そこにあだめいた感情は無いとわかっていても、自分以外の男が、自分の知らない妻を知っているのは面白くない。

だが——。

「…、純皓…」

絹糸よりもなめらかな手触りを堪能《たんのう》しながら、光彬は落ちかかってくる長い黒髪をかきやった。露《あら》わになった白い項《うなじ》に唇を寄せ、ちゅうっと強く吸い上げる。柔《やわ》な肌に、たちまち紅い痕《あと》が刻み込まれる。

「お前は、俺のものだ…」

じわじわと湧き出る歓喜と優越感のまま、光彬は笑った。

手練《てだ》れの武士すらたやすく仕留めてみせる純皓の急所に、痕を残せるのはきっと自分だけだ。

たとえあの狂い咲く桜花のような男でも、絶対に許されない。何故なら純皓はこの世で最も貞淑な、光彬の妻なのだから。

「あぁ……、もちろんだ、光彬…」

刻まれたばかりの吸い痕に触れ、純皓はうっとりと甘い息を吐き出した。胸元で揺れる黒髪から見え隠れする肉粒の艶めかしさに、喉《のど》が勝手にごくりと上下する。

「俺はお前のもの…お前だけの妻だ。俺の全ては、お前のためにある」

証《あかし》を……と、黒子に彩られた唇がねだる。天人のように、あるいはどんなに品行方正な男でも堕落《だらく》させる傾城《けいせい》のように。

「証をくれ。もっと…、お前だけのものだという証を…」

「…は…っ、純皓……！」

理性の箍《たが》が外れる音を聞いた瞬間、光彬は目の前の肉粒にかぶりついていた。強めに歯を立てても、純皓は抗《あらが》わない。むしろ歓喜に背をしならせ、光彬の頭を抱え込む。

「く…ぁ、あ、あっ…」

こんなに強く噛んでも大丈夫なのか。痛くはないのか。

ためらいは、紛《まぎ》れも無い悦《よろこ》びに染まりきった嬌声が消し去ってくれた。光彬の乱れた鬢《びん》をかきむしる長い指が教えてくれる。今の純皓にとって、光彬に与えられる痛みこそ至高《しこう》の悦楽《えつらく》なのだと。

……望み通り、刻み込んでやろう。

無防備に捧げられた肉粒を、光彬はたんねんに味わっていく。痛みをすり込むように噛み痕を舐め、噛んではまた舐め、紅くぷっくりと膨らんだら、今度は愛撫を待ちわびるもう一方の肉粒にしゃぶりつく。

「あ…、…あっ、あぁ…」

喘《あえ》ぐ純皓の股間で熱を取り戻し始めたものが、光彬の肉茎にぶつかっては透明な雫《しずく》を撒《ま》き散らす。頭を抱え込まれたまま、光彬はぐいと身体を転がされた。絹の褥の上、互いに向かい合って横臥《おうが》する格好になる。

「……っ!」

緩みきった下帯をくぐり、長い指が引き締まった尻のあわいに忍び込んだ。びくりと震えた腰は、強い力で純皓の股間に押し付けられる。

「ん…ぅ、…ふ…っ」

再び重なる一対《つい》の肉刀は燃えるように熱く、光彬は肉粒を食《は》んだまま喉を鳴らした。…同じだ。純皓もまた、光彬に己の痕を刻みたがっている。この極太の肉刀を光彬の腹の奥に嵌《は》め込み、しとどに濡らすことで。

愛おしさと歓喜がじわりと胸に広がった。

……何といじらしくも、愛情深い妻なのか。

さっき吐き出した精のぬめりを借り、根本まで入り込んできた指をぐっと締め上げながら、光彬は純皓の喉笛に唇を滑らせる。

「ぁ……っ…」

薄い皮膚を吸い上げ、痕を刻んでやれば、純皓は甘い吐息を漏らした。そのまま喉の頂《いただき》に噛み付き、光彬は左脚で純皓の下肢《かし》を挟み込む。自然に開いた尻のあわいに、一気に三本に増やされた指がぐぷりと沈んでいく。

「ふ…ぅ…っ…!」

ばらばらに動く指に腹の中を拓《ひら》かれ、かき混ぜられ、今度は光彬が喘がされる番だった。四年もの間、ほぼ毎晩妻の太いものを受け容れているはずなのに、光彬のそこはいっこうに緩む気配も無い。きつく締め上げてくる媚肉《びにく》を、純皓は長い指で容赦《ようしゃ》無く抉る。

「…っあ! あ、あぁ……っ」

妻の手ですっかり情けどころと化された内壁は、臍《へそ》の裏側あたりをこそぐように掻《か》かれるだけで脳天を突き抜けるほどの悦楽をもたらした。たまらず仰《の》け反《ぞ》った光彬の唇から、蕩けきった悲鳴がほとばしる。

「……光彬…っ、…俺も、…お前の中に……」

切羽《せっぱ》詰まった呻《うめ》きと同時に、左脚を高く持ち上げられた。曝け出された蕾《つぼみ》から指が引き抜かれ、直後にもっと太いものが突き入れられる。

「は…、あぁぁぁ……っ！」

横臥したまま貫《つらぬ》かれ、いつもとは違う角度で嵌まり込んだ切っ先が情けどころを勢い良く突き上げた。かっと沸騰した血が全身を駆け巡り、光彬は純皓に捕らわれた左脚をびくんびくんとわななかせる。絡み合う肉体の狭間で、いつの間にか充溢《じゅういつ》しきっていた肉茎がしゃくり上げるように透明な雫を撒き散らす。

「…あ…あ、…ぁ…っ……」

とっさに肉茎の根元を指で縛《いまし》めたのは、向かい合った純皓の快楽に蕩けた顔が、共に果てたいと望んでいるように思えたからだ。

それは正解だったのだろう。光彬の太股をしっかりと抱え込み、純皓は艶然と微笑む。口元の黒子をなまめかしく歪ませ、腰を揺らめかせて。

「……存分に味わわせてくれ。お前を……」

――そしてお前も、俺を味わってくれ。俺がお前のものだと、誰が見てもわかるくらいに。

耳元で健気《けなげ》にねだられれば、断れる夫など居るはずもなかった。

「うーらーめーしーやぁ……」

「…ひっ…!?」

眠りについた夫を残し、薄く開いた襖《ふすま》から隣の間に滑り込んだ瞬間、怨念《おんねん》を漂わせた悪霊が暗闇に浮かび上がった。飛びすさりかけ、純皓はほうっと息を吐く。

「何だ、咲《さき》か。驚かせるなよ」

そう、よくよく目を凝《こ》らせば、襖のすぐ傍に正座しているのは純皓の腹心の配下である咲だった。濃紺《のうこん》の打掛《うちかけ》を纏い、小さな有明《ありあけ》行灯を膝に抱え込んでいるせいで、やたらと恨みがましく歪んだ顔だけが浮かび上がって見えるのだ。なまじ顔立ちが整っているだけに、幼い子どもなら…いや、大人でも下手をすれば失神しかねない恐ろしさである。

「…いいですよね、太夫《たゆう》は」

「は……？」

悪霊、もとい咲は、怨念たっぷりに主を見上げた。ほつれた髪が一筋唇に落ちかかり、昨今《さっこん》流行りの幽霊画のような不気味さを醸《かも》し出す。

「こちらが求めるだけじゃなく、上様に心から求められてるんですから…」

じっとりとした眼差しは、純皓が羽織った夜着の胸元や首筋…そこに刻まれた数多《あまた》の紅い痕に注がれている。全て、愛しい夫がつけてくれたものだ。

……光彬……。

ついさっきまで互いを貪《むさぼ》り合っていた濃密な時間を思い出すだけで、無理やり欲望を鎮《しず》めた身体はたやすく燃え上がりそうになる。…最高のひとときだった。もちろん、光彬と共に過ごす時間は全て得がたい宝物だし、今までも悦楽を分かち合ってきたけれど、光彬から貪欲《どんよく》に求められる閨《ねや》は格別だ。

『…もっと…、注《そそ》げ。純皓…』

純皓を腹の奥底に銜《くわ》え込み、不敵に笑う光彬は将軍としての覇気《はき》に満ち…だからこそ情欲を煽《あお》られた。後から後から熱が溢れ、光彬が許してくれるのをいいことに、狭い蕾からこぼれるほどの精を注ぎ続けた。

獣と化した純皓に、光彬は数えきれない痕を刻んでくれた。咲の目に晒《さら》されているのは、ほんの少しだけ。夜着の下にも、…閨でしか晒さないきわどいところにも、光彬の痕は散らされている。純皓が望んだ通りに。

今の純皓が誰のものか、見誤る者は居ないだろう。光彬を慕う臣下たちも、一度でいいから上様のお情けを頂戴《ちょうだい》したいと渇望《かつぼう》する奥女中も、将軍その人と知らずに惹かれる城下の町人たちも。

……ああ、いっそ見せ付けてやりたい。

光彬の刻印だらけの、この身体を。そうすればきっと、光彬に懸想《けそう》する愚か者は消え失せるはずだから。

「……ううう、うらめしぃぃいぃ…、羨《うらや》ましぃぃぃいい……！」

うっとりと快楽の余韻に浸《ひた》る主に、咲は耐え切れないとばかりに両の拳《こぶし》を突き上げ、むちゃくちゃにもがいた。ぎりぎりぎりぃっ、と悔しげな歯軋《はぎし》りの音が薄闇を揺らす。

「私…、私なんて、鬼瓦から口付け一つ返してもらえないのに…。こんなに、こんなに私が尽くしているのに……」

鬼瓦とは、光彬の乳兄弟であり、今は側用人として光彬を支える門脇小兵衛のことだ。その渾名《あだな》の通り鬼瓦そっくりの厳つい顔付きの男に咲は一目惚れし、ほとんど押しかけるようにして妻の座を勝ち取った。

華やかな打掛を纏い、たおやかな美女にしか見えない咲だが、純皓と同様その身体は男である。純皓の輿入れ《こしい》に同行してきた四年前より、体格もずいぶんと成長した。大柄な門脇には及ばないものの、今や閨では門脇を組み敷き、ひいひいと泣かせる側なのだ。

男を妻にさせられ、毎夜喘がされる門脇の心の内は察して余りある。しかも主君の光彬は咲を本当の女子《おなご》と思っており、門脇とは似合いの夫婦だと信じて疑わないのだから尚更だ。

しかしながら、咲と門脇が実際にうまくいっているかと問われれば、純皓としては否定せざるを得ない。咲は門脇に執心《しゅうしん》し、咲なりに大切にしているのに、人としてごくまっとうな感性の主である門脇にはその愛情がまるで伝わらないのだ。

四年の間に少しずつ絆《ほだ》されつつあると言っても、まだまだ咲の望む水準には遠く及ばないのが実情である。

あんな執着に喜んで応《こた》えられるのはよほど鈍感か、被虐《ひぎゃく》趣味の持ち主くらいだ。幸い、咲の容姿そのものは門脇の好みのようだから、ほんの少し引いてやれば門脇とて心を開いてくれるかもしれない。

純皓ですらそう思うのに、肝心《かんじん》の咲は押し続け、門脇は怯《おび》えるばかり。それでも最近はわずかながら改善されつつある…はずだったのだが。

「どうせまた、お前が何かやらかして鬼瓦を怯《おび》えさせたんだろう？」

乱れた髪を手櫛《てぐし》で直しながら腰を下ろす純皓に、咲はぶんぶんと首を振る。

「何もしてません！　私はただ、誠心誠意、夫に尽くしているだけです！」

「…お前の『誠心誠意』ほど怖いものは無いと、俺は思うがな」

「ほら、見て下さい！」

ぼやく純皓を無視し、咲はばさりと何枚もの細長い布を広げてみせた。

『咲様命』とびっしり黒糸で刺繍《ししゅう》が施《ほどこ》されたそれらは、咲が怨念…丹精《たんせい》こめて縫《ぬ》い上げた、門脇の下帯である。ずいぶん前に嬉々《きき》として縫っているところを見かけたが、本当に締めさせたのか。鬼瓦の股間《こかん》は呪われなかったのだろうか。

「これを見れば、私がどれだけあの人を大切に思っているかがわかりますよね」

「うん……まあ、大切かどうかはさて置き、思っていることだけは……」

「あの人も、喜びの涙を流しながら締めてくれていました。…でも…、足りないんです」

それ、喜びじゃなくて諦めの涙じゃないのか？　と突っ込む前に、咲は『一枚、二枚…』と数えながら呪いの下帯を一枚一枚拾い上げ始める。数えられた下帯は、咲の左側から右側へと移されていった。

「…七枚、八枚、九枚…、…一枚…、一枚足りない…」

やがて左側に下帯が一枚もなくなると、咲はぎりぃっと歯を噛み締めた。

「私が縫った下帯は十枚あるはずなのに、何度数えても九枚しか無い…きっとあの人がなくしてしまったに決まってます。一枚足りないぃぃぃ……！」

愛が足りない、うらめしいと怨嗟《えんさ》を撒き散らす咲は、こう言ってはなんだが悪霊か鬼女《きじょ》そのものだ。門脇が怨念たっぷりの下帯を一枚やそこら捨てたくなっても、無理は無い。無いのだが、咲が悪霊のままではろくに相談も出来ない。

「落ち着け、咲。鬼瓦がなくしたとは限らないだろう。…盗《と》られたのかもしれないぞ」

「…っ、盗られた…？」

「ああ。鬼瓦狙いの盗人《ぬすっと》に」

「……っ！」

その可能性に初めて思い至ったのか、咲はかっと目を見開いた。心の中はきっと、鬼瓦の下帯を盗んだ不埒者《ふらちもの》に対する怒りの業火《ごうか》が燃え盛《さか》っているだろう。…そんな酔狂《すいきょう》な人間は、まず実在すまいが。

「鬼瓦の下帯を…いや、鬼瓦を守れるのはお前しか居ない。気を強く持つんだ。…わかるな？」

「太夫……はい。そうですね…あの人を守れるのは私だけ…」

私だけ、と何度も呟くうちに、咲の表情は悪霊から人間へと戻っていった。

これで、しばらくは居もしない盗人に集中し、門脇への執心も少しは和らぐ…かもしれない。

いいことをした。後々、反動で門脇がとんでもない目に遭わされそうな気もするが…。

「ところで…光彬の話、聞いていたな?」

完全に落ち着いたのを見計らって本題を切り出せば、咲は下帯の山を隅によけ、神妙に頷いた。襖一枚を隔《へだ》てた隣の間で不寝番《ねずのばん》を務めていたのだから、当然、麗皓の一件についても聞いていたはずだ。

「まさか太夫の兄上がこんな形で現れるなんて、思いもしませんでした」

「捜索に放った者たちからは、何の繋ぎも無いんだな?」

「はい。今のところは…」

三月ほど前から、純皓は『八虹』の配下たちに命じ、十年以上前に生き別れたきりの異母兄…麗皓を捜索させていた。光彬の異母弟・吉五郎が巻き込まれ、命を落とした事件に、麗皓が関わっている可能性が出てきたからだ。

凄惨《せいさん》な事件だった。西海道《さいかいどう》の小藩《しょうはん》である饒肥藩《じょうびはん》が、藩ぐるみで若い男女をさらっていたのだ。女は女郎《じょろう》として売り飛ばされ、男は最底辺の奴隷として領民すら嫌がる荒地の開拓に従事させられていた。吉五郎は生母を亡くし、たった一人の兄の光彬に会おうと恵渡へ向かう途中、不幸にもさらわれてしまったのである。

だが、同じく囚《とら》われの身となった弥吉《やきち》という少年が吉五郎と友情を育《はぐく》み、親友を助けるため果敢に行動し――光彬がその思いに応えた結果、饒肥藩の罪は暴かれた。藩主の高西修理亮《たかにししゅりのすけ》以下、かどわかしに関わっていた藩の重臣は処刑。高西家は断絶《だんぜつ》、饒肥藩も取り潰しという厳しい沙汰《さた》が下《くだ》されたのだ。当面の間幕府領とされた西海道の旧饒肥藩には調査団が派遣され、被害の全容解明に総力を挙げている。

それでひとまずは一件落着…とはいかなかった。

弥吉によれば、弥吉がかどわかしの船から脱出する手助けをしてくれたのは、どことなく純皓に似た美麗な顔立ちの男だったというのだから。しかも藩主の修理亮とも対等に渡り合い、修理亮の野望を煽って暴走させたその男は、純皓と同じ香りを纏っていたらしい。…かつて純皓が麗皓から合わせ方を習った、白檀の香りを。

たぐいまれな容姿と話術で人を操る。そこに異母兄の影を見出し、『八虹』の配下に麗皓の捜索を命じて三月《みつき》。

人探しに長けた配下たちが西海道から西の都周辺、そして最近では恵渡まで捜し回っていたにもかかわらず、異母兄の痕跡や手がかり一つ摑めなかった。なのに今日、何の前触れも無く、武家伝奏の補佐役として恵渡城に…純皓のすぐ近くに現れた…。

「…っ……」

ぶるりと震えが走り、純皓は思わず己を抱き締めた。光彬に刻んでもらった痕にこもる熱が、一気に冷まされていく。

「大夫……」

「…心配無い。大丈夫だ」

首を振ったものの、胸に巣食う黒い靄《もや》は消えてくれなかった。捜していたはずが、知らぬ間に接近を許していた。してやられた自己嫌悪と苛立ち…いや、それだけではない。

姿を消した後、麗皓は『八虹』の追跡から身を隠せるほどの実力者の庇護下《ひごか》に入っていたに違いないのだ。名門公家の肩書を捨てた麗皓が、どうやってそれほどの実力者と結び付いたのか。武家伝奏の補佐役に推挙したのは父の右大臣だろうが、あの欲得の塊《かたまり》のような男をどんなふうに協力させたのか。…どうして、今になって姿を現したのか。

あの麗皓が、純皓が御台所となったことを知らないはずはない。純皓の異母兄だと名乗れば、御台所一筋と評判の将軍が妻に会わせようとするくらい予想出来ただろう。そうでなくても、武家伝奏一行を饗応《きょうおう》するための武芸上覧には、特別に御台所と奥女中たちも参加を許されているのだ。どうあっても純皓とは顔を合わせることになる。

『…純皓…、おいで。今宵はいい月だよ』

おぼろになりつつある記憶の中、麗皓はいつでも穏やかな笑みを浮かべている。

純皓の生母である椿《つばき》がつけた名前をまともに呼んでくれるのは、椿が失踪《しっそう》してしまった後は麗皓だけだった。父の右大臣も、正室腹の長兄《ちょうけい》も、純皓をあばずれの息子と呼んではばからなかった。

母の記憶はほとんど残っていないが、純皓に瓜二《うりふた》つの美しい遊女だったらしい。その美貌で陽ノ本じゅうの男を手玉に取っていたところ、純皓の父の目に留まり息子までもうけたのに、ある日ふらりと消えてしまったのだという。

どうせ新しい男を作り、出て行ったのだろう。父はそう決め付け、捜そうともしなかったと、物心ついた頃乳母から聞かされた。

古い町家《まちや》に訪ねてきてくれるのは、麗皓だけだった。全てあの異母兄から教わったのだ。公家としてのたしなみも振る舞いも、…持って生まれた容姿を利用し、他人の心を操るすべも。

幼い純皓は、確かにあの男を家族として慕っていたのだろう。

だが麗皓は無言で消え、十年以上経ってから突然現れた。武家伝奏の補佐役…朝廷の権威を背負って。

……ああ、そうか。俺は不安なのか。

気付いたとたん、震えは治まった。光彬の愛情を失うこと以外を恐れた経験の無い純皓にとって、それは今まで縁の無い感情だったのだ。

弥吉から話を聞いた三月前、本当に麗皓が関わっているのならこの手で殺すつもりだった。

饒肥藩を初め、かつて神君光嘉公《しんくんみつよし》に敵対した西海道の大名たちは長らく幕府に冷遇され、強い恨みを抱いている。光彬にとっては間違い無く敵だ。光彬の敵は純皓の敵。光彬に害をなす前に、処分しなければならない。

その気持ちは今でも変わらないのだが…。

「…情けないな」

光彬が麗皓との対面の場を設《もう》けてくれたのは、絶好の機会だ。じかに顔を合わせれば、麗皓の真意を読み取る自信はある。城下に滞在しているのだから、配下たちに庇護者の情報を探らせることも可能だろう。

にもかかわらず不安にかられるのは…麗皓が純皓の師とも言える存在だからだ。同じ血を引き、似た容姿を持つ、純皓よりも上を行くかもしれない男。純皓に手練手管《てれんてくだ》を教え込んだ男が、もしも光彬を誘惑にかかったら…。

——すまん。やはり、似ていると思ってしまってな。

麗皓の目的に、光彬の心を奪うことも含まれているとすれば……。

「…た、…太夫…」

ひゅっ、と咲が息を呑む。見開かれたその瞳にかすかな怯えが滲《にじ》んでいるのに気付き、純皓はいつの間にか発散していた殺気を引っ込めた。安堵の息を吐く咲に、御台所ではなく『八虹』の長として命じる。

「兄上たちは城下のどこかの寺院に滞在しているはずだ。すぐに突き止め、同行者から訪問者まで徹底的に洗え。必ず、兄上の庇護者かその関係者が潜んでいるはずだ」

「…西海道に放った者たちは、どうしますか？」

「そのままでいい。ただし、目的は変更だ。兄上の捜索ではなく、旧饒肥藩の領民たちの反応や暮らしぶりを監視させろ」

幕府に反感を持つのは、武士階級だけではなく、西海道の民たちも同じだ。

それに西海道は武辺《ぶへん》を謳《うた》うだけあって、士分《しぶん》の者の割合が高い。恵渡やその周辺では全体のほんの一割に満たない武士の人口が、西海道では四割近くを占める。

泰平《たいへい》の世において武士は無用の存在であり、多くはない藩の御役目に就《つ》けるのは一握りに過ぎないが、御役目にあぶれた武士たちにも藩は最低限の禄《ろく》を与えなければならず、藩の財政を圧迫するのだ。饒肥藩が藩ぐるみのかどわかしにまで手を染めた一因も、そこにある。

饒肥藩の取り潰しによって浪人となった武士は、かなりの数に上るはずだ。憤懣《ふんまん》やるかた無い彼らの鬱憤《うっぷん》が幕府の調査団に向けられるのは、もはや必然。

場合によっては武力衝突もじゅうぶんありうるだろう。光彬を支えるため、純皓も状況を正確に把握しておかなければならない。…光彬のたった一人の妻として。

「承知しました。…しばし、お傍を離れます」

咲は一礼し、しずしずと去っていった。

細々と相談しなくても、咲のことだ。純皓の意図を汲《く》み、『八虹』の配下たちを動かしてくれるだろう。四年前よりずいぶん頼もしくなったのも、門脇という守るべき存在が出来たおかげかもしれない。

……やらなければならないことはたくさんあるのに、厄介《やっかい》ごとばかり増えていくな。

夫とのまぐわいの余韻は失せ、代わりに気《け》だるさが襲ってくる。

玉兎《ぎょくと》…新入りの小姓の身体を借り、光彬の寝所《しんじょ》まで侵入してみせた人ならざるモノ。光彬の亡き祖父に縁あるらしいそれについて、光彬が何か肝心なことを隠しているのではないか——妻の勘でそう疑問を抱いてからだいぶ経つが、旧饒肥藩のかどわかしや新たな武家伝奏の歓迎などが重なったせいで、未だに聞き出せないままだ。そこに今日麗皓が現れ、ますます聞き出すどころではなくなってしまった。

まるで泥沼にはまり込んでしまったかのようだ。ぬかるんだ泥に足を取られ、あがけばあがくほど身動きが取れなくなっていく…。

純皓は脇息《きょうそく》にもたれ、床《とこ》の間をぼんやりと眺めた。

水盤《すいばん》に活《い》けられているのは、冬らしく万年青《おもと》と水仙だ。冬の花と言えば椿だが、恵渡城内で椿の花が活けられることは無い。散る時は首ごと落ち、斬首《ざんしゅ》を連想させるため、武士からは忌《き》避《ひ》される花なのだ。当然、大奥の広大な庭園にも椿の木は一本も存在しない。

……あの家には、たくさんの椿が植えられていたな。

ふと、幼い頃暮らしていた町家が脳裏をかすめる。あちこち傷《いた》んだ古い家だったが、猫の額《ひたい》ほどの庭には常に季節の花が咲いていた。公家は花鳥風月を愛でるものだからと、麗皓があちこちから苗を持ち込み、植えさせたのだ。

どれも美しかったが、椿の木はひときわ見事だった。近所でも評判となり、見物に訪れる者まで出たほどだ。

花の季節になると決まって麗皓が訪れ、色とりどりの花を飽かずに眺めていた。深紅《しんく》の花びらと、それに触れる異母兄の指の白さに、ぞくりとしたのを覚えている。

『……いつか、必ず……』

いつになく真摯《しんし》な顔で、麗皓は何を呟いていたのか。

――それだけは、どうしても思い出せなかった。

武家伝奏《ぶけてんそう》一行の挨拶を受けた、翌々日。

中奥《なかおく》の御休息《ごきゅうそく》の間でくつろいでいた光彬《みつあき》のもとを、老中《ろうじゅう》の常盤主殿頭興央《ときわとのものかみおきひろ》が訪れた。主殿頭は光彬が自《みずか》ら抜擢《ばってき》した重臣であり、亡き祖父彦十郎《ひこじゅうろう》の親友でもある。すぐに通してやるよう、光彬は取り次ぎにやって来た門脇《かどわき》に快《こころよ》く頷いた。

中奥は将軍の私的な空間であり、幕臣《ばくしん》の頂点に立つ老中といえど、側用人《そばようにん》たる門脇に取り次いでもらわなければ立ち入りを許されないのだ。そのため歴代の側用人の中には多額の賄賂《わいろ》で私腹《しふく》を肥やし、権勢を振るった者も少なくないが、門脇は誠実に務めを果たし、光彬に尽くしてくれている。

主殿頭はすぐに現れ、光彬の前にぬかずいた。

「上様。御前《ごぜん》をお許し頂き、恐悦至極《きょうえつしごく》にございまする」

「構わん、楽にしろ。ここは中奥だ。表のようにかしこまる必要は無い」

光彬の目配せを受け、涼やかな目元の美男子が主殿頭に熱い茶を運んできた。小納戸《こなんど》頭取の甲斐田隼人《かいだはやと》だ。光彬の身の回りの世話を担当する小納戸たちを取り纏《まと》め、光彬が中奥で心安く過ごせるよう心を砕いてくれる忠義者である。

同じく中奥で奉公する小姓《こしょう》たちは、光彬の身辺警護が主な御役目だ。どちらも将軍の閨《ねや》に呼ばれる可能性があるため、選《え》りすぐりの美男子揃いであり、将軍の寵愛《ちょうあい》を巡って反目《はんもく》し合っている。

「ありがたき幸せ。…では、お言葉に甘えさせて頂きまする」

主殿頭は身を起こし、湯気のたつ茶を美味《うま》そうにすすった。老いを感じさせないかくしゃくとした男だが、やはりこのところの寒さは堪《こた》えるようだ。年明け以降恵渡《えど》は冷え込みが続いており、朝晩は雪がちらつくのも珍しくない。

「それで…何用だ？　むろん、主殿頭ならただ茶を飲みに来てくれただけでも歓迎するが」

気を利かせた隼人が主殿頭の傍《そば》に新たな火鉢《ひばち》を運ばせ、門脇が斜め前に控えると、光彬はにっと笑って問いかけた。

多忙を極める老中ともあろう者が用も無いのにやって来るとは、もちろん思っていない。どんな用件でも切り出しやすいように、わざと軽口を叩いたのである。

「上様に茶を振る舞って頂けるなら、万難《ばんなん》を排《はい》してでも参上いたしましょうが…」

光彬の配慮を察したのか、主殿頭は目尻に皺《しわ》を寄せて微笑んだ。

「残念ながら、今日はこちらをお届けに上がりました。…旧饒肥藩《じょうびはん》に派遣した調査団より届いた、報告書にございます」

「……！　そうか、旧饒肥藩の…」

主殿頭が多忙を押してでも来るわけだ。光彬の意向に従い、旧饒肥藩に関する仕置きを差配《さはい》しているのはこの主殿頭である。

光彬は主殿頭が携《たずさ》えてきた報告書を受け取り、厚みのあるそれにさっそく目を通す。読み進めるにつれ、頬が強張っていくのが自分でもわかった。ある程度は覚悟していたが、まさかここまでとは——己の甘さを痛感させられる。

「上様…、お顔の色が…」

やがて嘆息《たんそく》と共に読み終えた自分は、よほど酷《ひど》い顔をしているらしい。門脇は鬼瓦《おにがわら》そっくりな顔を心配そうに歪《ゆが》め、隼人は無言で火鉢に炭を足してくれる。

「お前も読め、小兵衛《こへえ》」

握り締めたせいで皺《しわ》の寄った報告書を、光彬は門脇に手渡した。門脇は素直に従い…しばしの後、眉間《みけん》を押さえながら軽蔑と怒りの入り混じった呟きを漏らす。

「…人のすることでは、ございませぬな」

光彬も全く同じことを思った。主殿頭もそうだろう。普段めったに感情を表に出さない老獪《ろうかい》な男が、老いても端整な顔に嫌悪を漂わせている。

調査団の報告は、あらゆる意味で光彬の予想をはるかに上回っていたのだ。

藩主であった高西修理亮《たかにししゅりのすけ》が捕縛《ほばく》された時点で、かどわかしは修理亮が藩主の座に就《つ》いた十八年前から行われており、さらわれた人々は五百人以上に上《のぼ》るということは判明していた。だが調査団が実際に西海道《さいかいどう》の旧饒肥藩に乗り込み、修理亮の城を隅々まで捜索したところ、恵渡の藩邸《はんてい》に保管されていたものより詳細なかどわかしの記録が発見されたという。

それによれば、修理亮主導で行われていたのとは別に、重臣たちそれぞれがかどわかしに手を染め、同じく人手不足に悩んでいた周辺の藩に格安で売りさばいていたそうだ。売られた人々は、男は労働力として使い潰され、女は結納金《ゆいのうきん》を払えない貧しい武士や農民の嫁として下げ渡されたり、男たちの性欲を処理する道具として使われた挙句、場末の女郎《じょろう》屋に再び売られることも珍しくなかったらしい。

彼らを加えれば、さらわれた人々の総数は六百人以上。

あくまで現時点での数だから、これからますます増えるだろう。しかもそのほとんどは亡くなっている。骸《むくろ》は供養《くよう》などされず、墓にすら入れられず野ざらしのままで、彼らが働かされていた荒れ地にはおびただしい数の人骨が散らばっていたという。

わずかに生き残った人々は調査団の手によって保護されたが、いずれも骸骨《がいこつ》のように痩《や》せ衰《おとろ》え、最底辺の奴隷『奴《やっこ》』として酷使《こくし》され続けた影響により心を病み、回復が見込める者は数えるほどだそうだ。

女郎として陽ノ本《ひのもと》各地に売り飛ばされてしまった女子《おなご》たちに至っては、その消息すら追えない有様である。せっかく助かったにもかかわらず、こんな状態ではとうてい元の生活になど戻れないと悲観し、首を吊った者まで出たらしい。

だが、調査団を真に悩ませたのは生き残りの人々ではなく、旧饒肥藩の領民たちだった。彼らとて裕福ではない。数多《あまた》の武士を養《やしな》う俸禄《ほうろく》のために税を搾《しぼ》り取られ、食うや食わずの生活を強《し》いられていた。かろうじて生き延びてこられたのは、奴という無償の労働力を与えられたからである。

藩が取り潰され、貴重な労働力すら奪われた領民たちはたちまち困窮《こんきゅう》し、調査団に助けを求めて押し寄せたのだ。調査団も纏《まと》まった量の食料を持ち込みはしたが、とうてい数多の領民たちに行き渡るほどではない。周辺の藩から米を買い集め、急場をしのいでいるのだという。

人ではない。まさに鬼畜《きちく》の所業《しょぎょう》と言うべきだろう。同じ人間を奴隷に堕《お》とすことも、彼ら無しでは成り立たない暮らしを領民に押し付けることも。修理亮と首謀者たちは最も重い刑である磔《はりつけ》に処されたが、それで償《つぐな》いきれる罪ではない。

「…つくづく、己の無力さが情けなくなるな」

「上様…恐れながら、お心得違《こころえちが》いをなさっておいでですぞ。旧饒肥藩の領民たちを善《よ》く治めるべきは、修理亮だったのでございますから」

悔やむ光彬に、主殿頭は忠告する。

陽ノ本にはおよそ三百の藩が存在し、それぞれの藩主が領民を治めている。大名である藩主は将軍に忠誠を誓っているが、よほどの事態が起きない限り、幕府及び将軍は彼らの政《まつりごと》に口を挟《はさ》めない。将軍の威光と権力が直接的に及ぶのは、恵渡以外では幕府の直轄地《ちょっかつち》…陽ノ本全体の四分の一に過ぎないのだ。

だから、主殿頭の言葉は全面的に正しい。わかっている。わかっているのだが…。

「同じ陽ノ本の民でありながら、生まれた地や治める領主によって人生を左右されるなど、あってはならない。民はみな等しく、慈《いつく》しまれるべきだ。…俺はそう思っている。甘いと誹《そし》りを受けるかもしれんが…」

「そ、そのような不心得者など、居るはずがございませぬ…！」

ばっと身を乗り出したのは、門脇だった。両の拳《こぶし》をわなわなと震わせたかと思えば、盛大にすすり上げる。

「わ…、若のお心の、何と深いことか…。誹りを受けるべきは、若のお心も知らずに民を苦しめる愚か者にございます…！」

　ずっ、ずずっ、ずぅっ。

　嗚咽《おえつ》する門脇の金壺眼《かなつぼまなこ》から、大粒の涙がぼろぼろと溢れる。二人きりでもないのに昔のように『若』と呼び、泣きじゃくるなど、仮にも将軍の御前でありえない失態だ。光彬は構わずとも、礼儀作法に厳しい隼人や主殿頭はさすがに咎《とが》めるはず…と、思ったのだが。

「門脇様、こちらを…」

　隼人はすすっと膝行《しっこう》し、門脇に真っ白な手拭《てぬぐ》いを差し出した。かたじけない、と受け取った門脇が涙を拭い、ついでに鼻水まで拭《ふ》いても、その眼差しは優しげなままだ。

「う…、うぅっ……上様…、何と慈悲深い…」

「…修理亮め、たかが田舎大名の分際で上様を悲しませるとは許すまじ…墓に入ったくらいで許されるものか！」

「待て彦之進《ひこのしん》、どうせ誅《ちゅう》するなら墓ではなく縁のある西海道の大名どもだろう…！」

　襖《ふすま》の向こうから漏れ聞こえるすすり泣きは、警護の小姓たちだ。

　光彬に近侍《きんじ》することの多い永井《ながい》彦之進にいたっては、怒りのあまり修理亮が葬《ほうむ》られた墓を襲撃しようとして、朋輩《ほうばい》に止められているらしい。…止める朋輩にしても、さらに物騒《ぶっそう》な提案をしているが。

「…まこと、上様は彦十郎によく似ておいでになる」

若者たちを無言で眺めていた主殿頭が、ふっと唇をほころばせる。

「主殿頭…」

「あやつも甘い男でございました。他人にはどこまでも甘いくせに、己にはとことん厳しく…だからこそ誰もがあやつに惹かれ、私はあやつの友であり続けたいと願っておりました。結局は、ずいぶんと早く逝《い》かれてしまいましたが…」

哀愁を漂わせる主殿頭は、光彬の亡き祖父、榊原《さかきばら》彦十郎の数十年来の友だった。若い頃は一緒に遊び回り、ずいぶんな無茶もしたらしい。

先代将軍にも仕《つか》え、一度は失意と共に政から退《しりぞ》いたにもかかわらず、再び老中として光彬を支えてくれるのは、光彬が彦十郎のたった一人の孫だからだ。主殿頭以外にも、彦十郎を慕《した》うがゆえに光彬を助けてくれる者は多い。

惜しみ無い愛情。卓越《たくえつ》した武芸の腕前。祖父は数えきれないほどの宝を光彬に遺《のこ》してくれたが、人との縁こそが最大の遺産であろう。…人ならざるモノとの縁まで遺されるとは、さすがに思わなかったが。

……そうだ。今なら聞ける。

「…主殿頭。お祖父様から、玉兎《ぎょくと》という者の名を聞いた覚えは無いか？」

「玉兎…、でございますか？　突然、如何《いかが》なされたのです？」

「あ…いや、お祖父様が以前おっしゃっていたのをふいに思い出してな。…なあ？　小兵衛」

光彬が話を振ると、門脇は我に返り、濡れた手拭いを握り締めたままこくこくと頷いた。

…本当は、生前の彦十郎から玉兎の名など聞いた覚えは無い。だが玉兎に利用され、光彬の寝所《しんじょ》にまで忍び込んでしまった新入り小姓を守るため、たとえ主殿頭であってもあの夜のことを教えるわけにはいかないのだ。真実を知るのは、光彬を除けば門脇と純皓《すみひろ》、そして小姓たちの上役《うわやく》である小姓番頭《ばんがしら》の山吹《やまぶき》くらいである。

本来なら、玉兎の存在が明らかになってすぐ、主殿頭に同じ問いを投げかけるつもりだった。何故なら玉兎は光彬を『彦十郎の孫』と呼び、囁きかけたからだ。

――邪魔者が消えてすっきりしたであろう？　この上は早く血を繋いで、私を安堵させておくれ。……人の生は、陽炎《かげろう》のように儚《はかな》く短いのだから。

邪魔者というのが何を意味するのかも、何故光彬が血を繋ぐことを望むのかもわからないままだ。唯一確かなのは、玉兎が彦十郎に強い執着を抱いていること…そして、神と呼ばれる存在であるらしいことだけだ。

人の信じる心から生まれた、善でも悪でもない神。

奇妙に幼い印象を受けたあの神は、彦十郎とどのような関わりを持っていたのか。今となっては、彦十郎と縁ある人々に確かめるしかない。

主殿頭なら有益《ゆうえき》な情報を教えてくれる可能性が高いのだが、旧饒肥藩の調査を主導することになって以降、主殿頭は多忙を極めていたのだ。務めに無関係な用件で呼び出すことを、ためらうほどに。

　だが、この流れなら怪しまれず、自然に聞き出せる。期待しながら待っていると、主殿頭は顎《あご》に手をやってしばし考えた後、小さく首を振った。

「お役に立てず心苦しいですが、聞き覚えの無い名前でございますな」

「…そうか…」

「申し訳ございませぬ。あやつは異様に顔が広く、気付けば誰かに囲まれておるような男でございましたもので、私も全ての交友関係は存じ上げず…しかも、若いみぎりはしつこい奴を振り切るなどと称してたびたび恵渡を離れておりましたゆえ…」

「何？　しつこい奴を、振り切るためだと…？」

　光彬ははっとして、同じくいぶかしげな門脇と顔を見合わせた。祖父が若い頃から諸国を渡り歩いていたことは知っているが、てっきり武者修行のためだとばかり思っていたのだ。

「おおかた女子《おなご》でございましょう。あやつに惚れ込む女子は、どういうわけか執心《しゅうしん》の強い者が多うございましたからな」

　苦笑する主殿頭は、その『しつこい奴』が女子だったと信じて疑わないようだ。

　確かに彦十郎は老《お》いても武者の風格を失わぬ美男子で、光彬を引き取ってからもやたらと色っぽい近所の後家《ごけ》やら小唄《こうた》の師匠やらが用も無いのに訪ねてきていた。若い頃ならさぞやもてたであろうが、何故か頭を離れない。…新入りの小姓の姿を借りて現れた、どこかあどけない神が。

「――上様」

主殿頭はぴんと背筋を伸ばし、まっすぐに光彬を見据えた。皺《しわ》一つ無い裃《かみしも》を纏《まと》った小柄な身体からは静かな気迫が滲《にじ》み出て、門脇と隼人の姿勢を正させる。

「上様のお考えを伺い、この主殿頭、改めて痛感いたしました。…西海道、琉球《りゅうきゅう》にいたるまで、陽ノ本はことごとく上様に治められるべきであると」

「…ずいぶんと、大きく出たものだな」

光彬のみならず、門脇や隼人まで目を瞠《みは》った。

西海道には旧饒肥藩を初め、幕府に反抗的な藩ばかりが集められている。中でも佐津間《さつま》藩は七十七万石《ごく》の大藩《たいはん》であり、藩主の志満津隆義《しまづたかよし》はかつて戦場で神君光嘉公《しんくんみつよし》を追い詰めた初代藩主の末裔《まつえい》だ。幕府から父祖《ふそ》の土地を取り上げられようものなら、死に物狂いで抵抗するだろう。琉球は琉球で佐津間藩の支配を受けているから、手を出そうとすればやはり佐津間藩を敵に回すことになる。それがわからない男ではないだろうに、主殿頭は毅然《きぜん》とした表情を崩さない。

「むろん、一朝一夕《いっちょういっせき》には参らぬでしょう。されど今であれば、決して不可能ではございませぬ」

「…旧饒肥藩を、足掛かりにするつもりか」

旧饒肥藩が幕府直轄地とされたのは暫定的《ざんていてき》な処置だが、正式な直轄地にすべきだという意見は当初から強かった。

幕府の権力の中枢に近い者ほど、西海道の大名たちを危険視している。今回の調査結果が公《おおやけ》になれば、ますます賛同者は増えるだろう。主殿頭は彼らをさらに扇動《せんどう》し、旧饒肥藩のみならず西海道全体を幕府直轄地に…光彬の治める領地にさせるつもりなのだ。

……だが、そのようなことになれば……。

「西海道の民を、心配しておいでですか?」

光彬の不安を、老練《ろうれん》な老中は的確に言い当てた。

「…藩主自らが罪を犯した旧饒肥藩はまだしも、他の藩まで直轄地としようとすれば、必ず混乱は生じる。場合によっては戦乱が起きるだろう。そうなった場合、真っ先に犠牲になるのは弱き民だ」

「されど、幕府に反意を抱く大名は亡き高西修理亮だけではございませぬ。無関係を主張してはおりますが、おそらくは西海道のほとんどの藩が、旧饒肥藩のかどわかしに何らかの形で関わっていたことでございましょう。…特に佐津間藩の志満津家は、かどわかしに関しては神君光嘉公の御代《みよ》よりきなくさい噂が絶えませぬゆえ…」

「むう……」

確かに、と門脇は唸《うな》り、隼人も眉を顰《ひそ》める。

志満津家のきなくさい噂――それは志満津家がその地理を活《い》かし、戦で乱取《らんど》りしてきた人々を南蛮《なんばん》に売り払い、代わりに大量の火薬を得ていたのではないか、というものだ。戦乱の世に革命をもたらした火縄銃《ひなわじゅう》には火薬が必要不可欠であったが、そのほとんどを南蛮からの輸入に頼っており、非常に高価だったのである。

そして平和がもたらされた今も密かにかどわかしを続け、不要となった火薬の代わりに南蛮の薬や砂糖、陶磁器《とうじき》や絵画などを買い求め、幕府に内密で売りさばいて莫大《ばくだい》な利益を得ているのではないかとまことしやかに囁かれている。幕府は大名の私的な貿易を禁じているため、定法《じょうほう》に触れる犯罪なのだが、志満津家が一切の証拠を摑ませなかったせいで罪に問われたことは無かったのだ。――今までは。

「罪を犯しているのが佐津間藩だけとは申しませぬ。西海道以外でも、幕府に気取《けど》られぬよう法を侵《おか》し、民を苦しめる大名は居りましょう。その一方で、恵渡のように恵まれた暮らしを享受《きょうじゅ》する民も居る。上様がお心を痛められるこの不条理は、それぞれの大名が独自に民を治めるがゆえに生じるのでございます」

「…だから、俺が陽ノ本全てを治めるべきであると？」

「ご懸念《けねん》通り、犠牲は避けられますまい。しかし、民を売って富を貪《むさぼ》る領主にこのまま任せるよりは、はるかに少ない犠牲で済みましょう」

どうか存分にお考えを、と言い置き、主殿頭は退出していった。武家伝奏一行が恵渡に滞在中の今、旧饒肥藩のかどわかし以外にも、やらねばならぬ務めは山積《さんせき》しているのだ。

「…若…」

隼人も茶器を下げに行ってしまい、二人きりになると、門脇は痛ましそうに顔を歪めた。昔のように呼びかけたきり、何も聞かずにいてくれるのがありがたい。…主殿頭への答えは、すぐに出せるようなものではないから。

……さすがお祖父様の親友だった男だ。手厳しいな。

憂《うれ》うばかりではなく戦えと、主殿頭は光彬に迫っているのだ。陽ノ本の民全てに恵渡と同じ安寧《あんねい》をもたらすには、将軍が陽ノ本全体を治めるしかないと。

だが、そのためには少なからぬ犠牲を覚悟しなければならない。平和のための戦いとは、なかなか皮肉が効いている。かつて天下統一のために戦い抜いた神君光嘉公も、こんな気持ちだったのだろうか。

……純皓《すみひろ》なら、何と言ってくれるだろうか……。

「そ、そうだ、若。久しぶりに町に下りられては如何《いかが》かと、思うのでございまするが…」

「……何だと？」

思考の海に沈みそうになった時、門脇が思いもよらぬ提案をしてきた。苦渋と戸惑いが複雑に入り混じる鬼瓦面《おにがわらづら》を、光彬はまじまじと見詰める。

「どうしたのだ、唐突に」

「…旧饒肥藩の一件以来、一度もお忍びをなさっておられぬゆえ…城の中ばかりでは、気詰まりでございましょうし…」

「…お前、本当に小兵衛か？」

そんなはずはないのに、よく似た他人ではないかと疑ってしまう。

光彬がお忍びで城下に下りるのを、生真面目な門脇は昔から快く思ってはいなかった。無理に止めはしないが、将軍たる者、軽々しく身を危険に晒すべきではないと口を酸《す》っぱくしていたのに。

「そ…、それがしとて、たまには息抜きくらいお勧《すす》めいたしまする。…それに、そう…虎太郎《こたろう》の奴なども、寂しい思いをしておるかと…」

「小兵衛…、お前…」

金壺眼があちこち泳ぎまくっている。いつもの門脇らしくない、歯にものが挟まったような口調は、いつの間にか張り詰めていた心を緩めてくれた。己を曲げてでも重圧を和《やわ》らげようとしてくれる乳兄弟《ちきょうだい》のありがたさを、光彬はしみじみと噛み締める。自分は本当に、人の縁に恵まれた。

「…そうだな。せっかくお前が勧めてくれたのだ。久しぶりに虎太郎の顔でも拝《おが》みに行くか」

「は、……ははっ！」

門脇は破顔《はがん》し、さっそく準備に取りかかった。

中庭の井戸から繋がる秘密の通路を使い、門脇と光彬は恵渡の町に下り立った。二人とも身分がばれぬよう、地味な小袖《こそで》と羽織袴《はおりはかま》に着替えてある。町人たちには、武家の子息と口うるさそうなお目付け役にでも見えるだろう。

城下での光彬は、貧乏旗本《はたもと》の三男坊・七田光之介《しちだみつのすけ》を装《よそお》っている。元々将軍になどなるはずもなく、御家人《ごけにん》の祖父と城下の小さな邸《やしき》でつましく暮らしていた身だ。絢爛《けんらん》豪華な恵渡城にもだいぶ馴染んできたが、活気に満ちた町の空気を吸えば心が浮き立つ。

「さあさ、寄ってらっしゃい見てらっしゃい！　三河《みかわ》から届いたばかりの綿織物だよ！　うちは今年も現金掛《か》け値《ね》無し！」

「そこの兄さん、この簪《かんざし》はどうだい？　紅《べに》も都からいいのが入ってるよ。ちょいと張り込めば、可愛い子は兄さんにぞっこん間違い無しだよ！」

競うように声を張り上げるのは、大通りに並ぶ太物《ふともの》屋と小間物屋の若い手代《てだい》たちだ。何かと新年の儀式や人付き合いが続く武士は一月も半《なか》ばを過ぎるまで正月を引きずるが、庶民が寝正月を決め込むのはせいぜい二日まで。三日にもなればいつもの日常が戻ってくる。

それでも懐の豊かな者たちはまだまだ新春の空気と別れがたいのか、浮かれ顔でそぞろ歩いている。通りの大店《おおだな》は彼らの膨《ふく》らんだ財布を当て込み、この時期のために年末から仕入れておいたとっておきの品々を並べるから、冷やかしの客も大勢流れてくる。

「しかしまあ、すごい人出だな…」

絶えることの無い人込みを泳ぎながら、光彬は思わず溜め息を吐いた。この時期の恵渡が混み合うのは今に始まったことではないが、光彬が城下に住んでいた数年前はもっと人出も少なかった気がするのに。

「…それは、上様のお力が大きいのではございませぬか？」

しつこい扇子の振り売りを追い払った門脇が、厳《いか》つい顔をほころばせた。

恵渡では年始回りに扇子を配る風習があり、元日や二日には飛ぶように売れるのだが、三日を過ぎれば誰も買わなくなる。そこで売れ残りを格安で買い取り、この人込みで売り歩く者が現れるのだ。何とも商魂逞《しょうこんたくま》しい。

「お…、上様の？」

「無役《むやく》の幕臣や部屋住みに甘んじざるを得なかった次男以下の者たちを、上様は幕府直轄地となった尾張《おわり》の統治のために送り出されました。そこから様々な変化が生じたのでございます」

まず、部屋住みたちの実家は部屋住みを養わずに済む分、暮らしに余裕が生じたので、下働きの女中や中間《ちゅうげん》などを新たに雇い入れた。彼らは多くが恵渡近郊の農村からの出稼ぎだ。憧れの恵渡で奉公する間、あれこれと入り用のものを購《あがな》い、時には背伸びをして洒落《しゃれ》た小物を買ったり、田舎へ仕送りもするだろう。

一人一人は塵《ちり》に等しい額でも、積もれば山となる。

人々の暮らしの余裕から商いの幅は広がり、商人たちはますます利益を上げる。すると幕府に納められる税も増え、幕府は増えた税で民のための事業を行い…と、良い影響が連鎖していくのだ。

「…そうした結果が、この人出というわけか」

光彬は微笑んだ。

全てが自分の…将軍の手柄だとは思わない。主殿頭を初め、頼りになる臣下たちが尽くしてくれてこそだが、民が幸せに暮らす姿を眺めていると誇らしくなる。誰もが安心して暮らせるこんな時が、いつまでも続いて欲しいと。

……だが、恵渡以外にもこの光景を広めるためには……。

「ぶ、無礼者っ！」

戦えと迫る主殿頭が頭を過《よ》ぎった時だった。人込みの中から、かん高い悲鳴が上がったのは。

振り返れば、まだ十五、六くらいの若い娘が天秤棒《てんびんぼう》を担《かつ》いだ振り売りを黒目がちの目で睨み付けていた。網目《あみめ》模様の小袖に黒繻子《くろしゅす》の襟《えり》をつけ、帯を片輪に締めた愛らしい娘だ。島田《しまだ》に結った髪に緋縮緬《ひちりめん》の手絡《てがら》を結び、見た目は裕福な町人の娘といったところだが…。

「そのようなものは要《い》らぬと言うたではありませぬか。なにゆえしつこく付いて参るのです⁉」

ふっくらとした唇からこぼれるのは、どう考えても武家娘の言葉である。おそらく、どこかの大身《たいしん》武家の箱入り娘が女中の小袖でも拝借《はいしゃく》し、お忍びにくり出したのだろう。お付きの侍女たちは今頃、真っ青になって娘を捜し回っているに違いない。

「しつこいとは、つれねえ嬢ちゃんだなあ。おいら、傷付いちまったぜ」

振り売りはわざとらしく泣き真似をしながら、娘に手を伸ばす。

武家の娘として、護身術の心得があるのだろう。汚らわしいとばかりに娘がその手を払いのけるや、振り売りは苦痛に顔を歪め、その場にくずおれる。

「い…っ、いてててててっ！」

「…えっ？」

「いてえ、いてえよお！」

困惑する娘の前で、振り売りは痛い痛いとおおげさにわめき散らす。

何だ何だと集まりだした人垣から、鉢巻《はちまき》をした大工風の男がすすっと抜け出し、振り売りの手を取った。

「おお、こいつはいけねえや。骨が折れてるかもしれねえ」

「え、骨が…？」

丸い顔を曇《くも》らせる娘は、生来優しい心根の持ち主なのだろう。そして光彬の予想より、はるかに世間知らずのようだ。男のめちゃくちゃな言い分を、すっかり信じかけてしまっている。

——あるじさま。あの男、骨など折れておらぬぞ。性根の方はぐにゃぐにゃに曲がりきっておるようじゃが。

ふわりと虚空《こくう》に現れた水干《すいかん》姿の美童が、唇を尖らせながら腕を組んだ。光彬が腰に差した刀……祖父彦十郎の形見に宿る剣精《けんせい》、鬼讐丸《きしゅうまる》だ。

かつては妖刀《ようとう》として数多《あまた》の犠牲者を祟《たた》り殺したが、呪いのたぐいを一切受け付けない体質の彦十郎と、その性質をそっくりそのまま受け継いだ光彬によって怨念を浄化されてしまい、今は光彬の守護聖刀《しゅごせいとう》を自負する存在である。

玉兎の正体にいち早く気付き、教えてくれたのも鬼讐丸だった。これまで人込みの中ではあまり姿を現さなかったのだが、玉兎に手も足も出なかったのを猛省《もうせい》し、積極的に現れることにしたらしい。

——ああ、そうだろうな。

光彬の目は、振り売りと大工風の男が一瞬にやりと笑い合ったのを見逃しはしなかった。つまりあの二人はぐるなのだ。

あの娘が相当なお人好しの世間知らずだと見抜き、難癖《なんくせ》をつけてどこかいかがわしい場所にでも連れ込むつもりなのだろう。さんざんもてあそんだその後は放置するか、女郎屋にでも売り払うか。どちらにせよ、うら若い娘には悲劇としか言いようの無い末路が待っている。

「こりゃあ、嬢ちゃんには責任取って看病してもらわねえとなあ！」

「——待て、貴様ら」

予想通りの脅し文句が男の口から飛び出すに至り、光彬は仕方無しに進み出た。忍びの身ゆえ目立つ真似は避けるべきだが、罪も無い娘が悪党の毒牙《どくが》にかかるのを見逃すわけにはいかない。

それでこそあるじさまじゃ、と鬼讐丸は喝采《かっさい》し、光彬の気性を知り尽くした門脇は半ば諦め顔で後に従う。

「ああん？　お侍様《さむらい》、いってえ何のご用で？　おいらはただ、こいつをお医者に連れてってやりてえだけですぜ？」

「いっ、いてえ、いてえっ」

馬鹿にしきった態度の男を援護するように、振り売りが悲鳴を上げる。この無礼者めが、と怒鳴り付けそうになる門脇を、光彬は横目で止めた。実戦はおろか、腰の刀を抜いたことすら無い武士は、この泰平の世では珍しくもない。

「ならば、お前たちだけで行けば良いだろう。そこの娘を連れて行く必要はあるまい」

「そ、そうだそうだ！」

男たちの素性を薄々察した人々が、いっせいに野次を飛ばす。彼らをぎろりと睨み、男は小《こ》狡《ずる》い笑みを浮かべた。

「じゃあ、お侍様がお医者の掛かりを払って下さるんで？」

「まさか。怪我一つ無い患者に来られても、医者も迷惑であろう」

「…何だと？」

すごむ男には一瞥《いちべつ》もくれず、光彬は振り売りの傍《かたわ》らにしゃがみこんだ。さっき娘に振り払われたのとは反対側…左手を掴み、ぐいと捻《ひね》り上げる。

「ひっ、痛っ！　…は、放せよぉっ！」

「あ、こら、留三《とめぞう》…！」

男が慌てて止めようとするが、もう遅い。振り売りは今度こそ本物の痛みに悲鳴を上げながら、光彬を振り解《ほど》こうともがいている。――骨が折れたはずの右手を、盛大にばたつかせて。

「おいおい、ちゃんと動いてるじゃねえか」

「骨が折れたなんてのは、やっぱり嘘っぱちだったのか！」

野次馬たちに突っ込まれ、振り売りはようやく己の失態に気付いたようだ。がくがくと震える腕を解放し、光彬は呆然としている娘を背中に庇《かば》う。

「留三とは、この者の名か？　…偶然通りがかったのかと思っていたが、お前はこの者を知っているのだな？」

「……っ…」

「南町奉行所《みなみまちぶぎょうしょ》に俺の縁者が居る。どうしてもこの娘を連れて行くと申すなら…どちらの言い分が正しいか、聞いてもらおうか？」

「…そんなこと、信じられるかよ…」

男はぎりぎりと歯噛みするが、真実である。ただし居るのは縁者ではなく臣下で、庶民から切れ者と慕《した》われる南町奉行・小谷掃部頭祐正《こたにかもんのかみすけただ》その人だが。

「信じられぬならそれでも構わん。だが、お前が無理を通そうというのなら、武士として見過ごしはせんぞ」

――そうじゃそうじゃ！　あるじさまに逆らう愚か者は、灰にしてくれるわ！

低く警告する光彬の頭上で、鬼讐丸がふんぞり返る。この剣精にかかれば、男の一人くらい、たちどころに灰と化すだろう。

「…くそっ！　行くぞ、留三！」

そんなことをさせるつもりは毛頭《もうとう》無いが、これ以上関わるのはまずいと直感したのだろう。男は舌を打ち、そそくさと退散した。その後を振り売りがよろよろと追いかけてゆき、野次馬たちは無様な姿をげらげら嘲笑《あざわら》いながら散っていく。

「…あの…、お助け頂き、かたじけのう存じました」

我に返ったらしい娘が、おずおずと声をかけてきた。己が悪党にさらわれる寸前だったとようやく悟《さと》ったのか、小さな顔からはすっかり血の気《け》が失せている。

「いや、当然のことをしたまでだ。…それより、名のある家の娘御《むすめご》とお見受けするが、一人で帰れるかな？」

「え…っ？　あ、あの、わたくしはご覧の通り…」

「町人の娘だと偽《いつわ》りたいのなら、言葉遣いもどうにかすべきだったな。それでは、大身武家の娘だと言いふらしているようなものだ」

光彬の指摘に門脇は無言で頷き、鬼讐丸はけらけらと笑う。

その笑い声が聞こえたわけではないだろうが、娘は赤らんだ頬を袂《たもと》で覆い隠した。

「お、お恥ずかしゅうございます。だから先ほどの者たちは、執拗に絡んで参ったのですね…。

わたくしが不心得なばかりに、貴方様《あなたさま》にもご迷惑を…」

「いや、どのような理由があろうと、罪無き女子に無体を強《し》いるなど許されん。悪いのはあの者たちだ」

「…貴方様は…」

娘はそろそろと袂から顔を覗かせた。言葉遣いや物腰は高位武家の姫そのものなのに、どうにも腰が低い娘だ。普通なら、貧乏旗本の三男坊を装う光彬にはもっと高慢に振る舞うだろうに。

「お優しいのですね。……様のように」

「…今、何と?」

「あ…、いいえ、何でもございません。改めまして、お救い下さったこと、お礼を申し上げます。わたくしは郁《いく》と申します。その…たいへん無礼とは存じますが、家名は…」

「ああ、尋ねはしないゆえ安心されよ」

おずおずと申し出た娘――郁に、光彬は請《う》け合《あ》った。郁のような箱入り娘が邸を抜け出すには相応の理由があるだろうし、素性を問われて困るのは光彬とて同じ身である。

「俺は七田光之介、しがない旗本の三男坊だ。…郁どのはお一人で出て来られたのか？　もし良ければ、邸の近くまで送るが」

「…あ…、あの、その、…わたくしは…」

郁はもじもじしながら何度もためらい、やがて意を決したように顔を上げた。

「どうしても行きたい場所があり、邸を抜け出して参ったのです。この辺りに八重椿寺《やえつばきでら》というお寺があるそうなのですが、七田様はご存知でしょうか」

「八重椿寺…？」

「…若。もしや、時奏院《じそういん》のことではございませぬか？　神君光嘉公御手植えの大輪の椿の花がたいそう美しく見事なゆえ、昨今《さっこん》では八重椿寺と呼ばれるようになったとか…」

「そう、そのお寺でございます！」

門脇が横から補足すると、郁はぱっと顔を輝かせた。

あそこか、と光彬も思い当たる。

将軍のお膝元たる恵渡では、椿の花を不吉と忌《い》み嫌う将軍家にはばかり、椿の木を植える寺《じ》社仏閣《しゃぶっかく》はほとんど無い。ただ神君光嘉公が自ら植えたと伝わる時奏院の椿だけは別格で、普通の椿が首ごと落ちるのに比べ、時奏院の椿は八重咲の花びらが一枚ずつ散っていくため、光嘉公にもたいそう愛されたという。

光彬も昔祖父と共に参拝したことがあるが、その頃は八重椿寺などという洒落た名で呼ばれてはいなかった。風流とは無縁の門脇が、よくぞ知っていたものだ。

「……ああ、ひょっとして……。

「…咲《さき》を連れて行ってやったのか？」

「ふぉっ、ふぉおおおおっ⁉」

そっと耳打ちしてやったとたん、門脇は雷にでも打たれたかのように跳び上がった。光彬と郁が呆気《あっけ》に取られる中、きょろきょろと落ち着き無く辺りを見回し、左胸を押さえながら深い息を吐く。青ざめたその頬を、鬼讐丸がつんつんとつついている。何とも混沌《こんとん》とした光景である。

「…し…、失礼をいたし申した。その、何やら怪しい気配を感じましたもので…」

「怪しい気配？」

――この辺りには、怪しい人間もあやかしも居らぬがのう？

主人に倣《なら》い、鬼讐丸もこてりと首を傾げる。神出鬼没の玉兎がいつ現れてもいいよう、常に注意を張り巡らせているらしい。

「そ、それがしの気のせいだったようでございまする。そうに決まっております」

気のせい気のせいと、門脇はうわ言のようにぶつぶつと繰り返している。

硬派なこの男のことだ。妻とはいえ、女子と共に仲良く出歩いたことをあまり当てこすられたくはないのだろう。これ以上追及してはさすがに可哀想である。

「あー…、郁どの。時奏院なら確かに、ここから少し歩いたところにあるが…そろそろ邸に戻られた方が良いのではないか？　家中《かちゅう》の方々も、さぞ心配されていることだろう」

ごほんと咳払《せきばら》いをしてから提案すれば、郁は小さな手をきゅっと握り締めた。

「…駄目なのです。わたくしには、今日しか機会がございません」

「今日しか…、とは？」

「兄上様が…わたくしの嫁《とつ》ぎ先を決めてしまわれたのです。あと二月《ふたつき》もすればわたくしは輿入《こしい》れし、このように出歩くことは二度と叶わなくなるでしょう」

「それは……」

光彬は思わず門脇と顔を見合わせた。太い眉を顰《ひそ》める乳兄弟と自分は、きっと同じことを考えている。

……この娘は、想像よりもずっと身分が高いのかもしれん。

今時、由緒《ゆいしょ》ある大身旗本の奥方でも、たまには侍女を引き連れて寺詣《てらもう》でくらいするものだ。それすら叶わないとなれば、さらに高位…幕府に対する人質でもある大名の正室か、御台所《みだいどころ》を初め、将軍の手が付いた大奥の女たちくらいである。

大奥に新たな側室候補が入ったとは聞いた覚えは無いし、もちろん光彬は純皓一筋なのでこれから新たな側室が増える予定も無い。とすると郁はどこぞの大名の姫であり、同じ家格の大名家に輿入れが決まったのだろう。

「ですからその前に、一度でも良いから八重椿寺に参りたかったのです。お助け頂いた上に厚かましいお願いとは存じますが…七田様、わたくしをかのお寺までお連れ下さいませんか」

「郁どの…」

「お礼でしたら、こちらを差し上げますから…」

郁は鬢《びん》に挿していた簪を引き抜き、差し出した。

上質な赤珊瑚《あかさんご》の玉《ぎょく》をあしらったそれは、売れば相応の金子《きんす》にはなるだろうが、大名家の姫の持ち物としては質素すぎる気がする。富裕な商人の娘の方が、よほど豪奢《ごうしゃ》な簪を挿しているだろう。

「何故そこまでして、八重椿寺に行きたいのだ？　郁どののような若い娘御なら、芝居でも見世物小屋でも呉服問屋でも、他に興味を引かれるものはいくらでもあるだろうに」

「…わたくしの大切な御方が、たいそう椿の花がお好きなのです。最後のお別れの折に差し上げたいのですが、恵渡では椿の木をめったに見かけないもので…もしお許し頂けるのなら、一枝だけでも分けてもらえまいかと…」

大切な御方とはどんな存在なのか、切なく潤《うる》んだ瞳を見れば問うまでもない。

――道ならぬ恋とは、つらいのう。

鬼讐丸が物憂《ものう》げに嘆息する。椿の花が好きな思い人は、おそらく身分の釣り合うような武士

ではないのだろう。大名の姫とは、決して結ばれることは無い。まだ幼さの残る郁自身が、もっともよくわきまえている。

「……わかった。八重椿寺までお連れしよう」

「七田様…！　か、かたじけのう存じます…！」

「だが、礼など要らん。どうせ同じ方向へ行くところだったのだ」

破顔《はがん》した郁が寄越そうとした簪を、光彬は押し返した。しばしためらってから、郁は簪を懐に仕舞う。

「…感謝いたします。これは母の形見なのです。わたくしが自由に出来るものは、これくらいで…」

「…そうか」

何やら複雑そうな家庭環境が窺えたが、あえて追及はしなかった。複雑というなら光彬の方がきっと上だし、郁だってこれきり会うことも無い相手に打ち明けたくはないだろう。

……まことに、俺は幸運であったのだな。

身分に縛られるのは光彬とて同じだが、光彬は純皓という最高の妻に出逢えた。愛し愛され、満たされた日々を重ねることが出来る。将軍という至高の地位に在《あ》って、それは僥倖《ぎょうこう》以外の何物でもない。

だから、出逢ったばかりの郁がどうにも気にかかってしまうのだろう。

全てを呑み込み、己の義務を果たす。純皓と結ばれなければ、光彬もまた郁と同じ道をたどったに違いないのだ。

「では参ろうか、郁どの」

光彬は郁を促《うなが》し、歩き出す。主君の胸の内をすっかり理解している門脇も、苦笑しながら後に続いた。

――われの、気のせいか…?

首をひねる剣精の小さな呟きは、誰の耳にも届かなかった。


「……それで、わざわざ寺まで案内してやったんですかい？　やれやれ、光《みつ》坊ちゃんは相変わらずお優しいことで」

かんっ。

弁慶格子《べんけいごうし》の小袖を粋《いき》に着こなした年齢不詳の男が、長火鉢に煙管《きせる》の雁首《がんくび》を打ち付けた。広い肩を覆う羽織は、表側こそ墨染《すみぞめ》だが、わずかに覗く裏地には咆哮《ほうこう》する虎が鮮やかな筆致《ひっち》で描かれている。

いかにも遊び慣れた洒脱《しゃだつ》な空気を発散させるこの男は、かつて祖父彦十郎に仕《つか》え、光彬を兄《にい》やとして育ててくれた虎太郎だ。元服《げんぷく》を済ませた後も坊ちゃんなどと呼ぶのは、その名残《なごり》である。

彦十郎亡き今、虎太郎は町火消『い組』の頭として光彬を支えてくれている。妻は居ないが、歌舞伎役者に勝《まさ》るとも劣らぬ男振りゆえ、秋波《しゅうは》を送る女子はひきもきらないようだ。四半刻《しはんとき》ほど前、郁を送り届けた光彬たちが新明町《しんめいちょう》にある『い組』を訪れた時も、ちょうど婀娜《あだ》っぽい美女にしなだれかかられているところだった。

光彬の姿を目にするや、虎太郎は美女をすげなく追い返し、自ら茶を淹《い》れてもてなしてくれた。そして光彬は請《こ》われるがまま郁との邂逅《かいこう》について話してやったのだが、気のいい兄やは何故か皮肉っぽい笑みを浮かべている。

「…貴様、その言い草は何だ」

不敬な、と眼光を鋭くするのは、いいところを邪魔された美女に『このお邪魔虫！』と罵《ののし》られた門脇である。

光彬と共に同じ邸で育った身だが、来る者を拒まない虎太郎とは昔から折り合いが悪い。虎太郎は虎太郎で、門脇の四角四面なところを気に入っているようなのだが、今のところわかり合える日は遠そうだ。

「あっしはただ、榊原様を思い出しちまっただけでさあ。あの御方も行く先々で女子どもを助けちゃあ、揉《も》め事に巻き込まれておいでだったでしょう？」

「む…、そ、それは…」

門脇は言葉に詰まり、金壺眼を落ち着き無く泳がせる。虎太郎好みの渋めの茶をすすり、光彬は苦笑した。

「庇ってくれなくていいぞ、小兵衛。虎太郎の申す通りだからな」

「若……」

「だがまあ、郁どのに限って揉め事は無いだろう」

——あの後、光彬と門脇は約束通り、郁を八重椿寺こと時奏院に連れて行った。本堂の前では寺の異名となった緋色《ひいろ》の八重椿が今を盛りと咲き誇り、その根元には早くも散った花びらが無数に降り積もっていた。

美しい光景のはずなのに、何故か背筋がぞくりとしたのは光彬だけだったらしい。郁は胸の前で手を組み、うっとりと椿の花に見入っていた。…まるで、叶わぬ恋の相手がそこに佇《たたず》んでいるかのように。

さすがに光彬が素性を明かすわけにはいかなかったが、門脇が住職に将軍の側用人だとこっそり告げると、特別に椿を一枝分けてもらえることになった。郁は喜びに打ち震えながら椿の枝を押し戴《いただ》き、何度も頭を下げたのだ。

己の務めをわきまえた娘は、それ以上のわがままは言わず、もう送って欲しいとだけ頼んできた。恵渡城のほど近く、大名の恵渡藩邸が立ち並ぶ界隈《かいわい》で別れたから、どこの大名家の姫だったのかはわからずじまいだ。

大名家の婚姻には幕府の許しが必要だから、調べれば郁の素性は判明するかもしれないが、光彬にそのつもりは無い。二度と会わない相手と揉め事など起こせるわけがないだろうに、虎太郎は思案げな顔を崩さない。

「…いやぁ、榊原様もそういうところから揉め事に引き込まれておいでしたからねえ。しかもそんな時に限ってとびきり厄介《やっかい》なのばかりで…そもそも奥方様だって…」

奥方様というのは、彦十郎の妻…光彬の祖母に当たる女性のことだろう。母を産んですぐ亡くなったという祖母について、光彬はほとんど知らない。母は何も覚えていなかったし、祖父も語ろうとはしなかった。

興味を引かれたが、今尋ねるべきは別のことだ。

「なあ、虎太郎。お祖父様の知己《ちき》に、玉兎と申す者は居なかったか？」

「玉兎……？」

「以前、お祖父様から聞いた覚えがあるんだが、どこで聞いたのか思い出せなくてな。ずっと気になっていたのだ」

ちくりと良心が咎《とが》めるのを感じながら偽れば、虎太郎は煙管をくるりと回し、腕を組んだ。世話好きだった祖父と関わりのあった者は多いが、光彬がこうしてじかに話を聞けるのは主殿頭と虎太郎くらいだ。主殿頭は知らなかったから、あとは虎太郎が頼りである。

「……いや。聞いた覚えはありませんな」

祈るような気持ちも空《むな》しく、虎太郎は首を振った。内心がくりとしつつも、光彬は問いを重ねる。

「もしかしたら大人ではなく、子どもかもしれんのだが…」

「子ども…、子どもねえ……」

しばし視線を虚空にさまよわせ、虎太郎はぽんと手を打った。

「…そう言えば、思い出しましたぜ。あれは確か榊原様が亡くなる五、六日ほど前だったか…榊原様の病室から、子どもの声が聞こえたんでさあ」

「子どもの声…、だと?」

「何を言ってるかまではわかりませんでしたが、癇癪《かんしゃく》を起こして喚《わめ》き散らしてるみてえで。俺が慌てて飛んでくと、榊原様しかいらっしゃらなかったんでさ。榊原様は誰も来ていないとおっしゃるし、葬儀にもそれらしい子どもは参列していなかったしで、すっかり忘れちまってたんですが…」

虎太郎は光彬が恵渡城に引き取られた後も城下の邸に留まり、彦十郎を最期《さいご》まで世話していた。異様に勘の鋭いこの男の目を盗んで彦十郎の枕元まで忍び込み、あまつさえ痕跡も残さずに消え去るなど、子どもにはとうてい不可能だ。

だが、玉兎なら――陽ノ本で最も厳しく警護された恵渡城本丸に、たやすく侵入してみせたあの神なら……。

「…若…」

同じ疑問を抱いたのだろう門脇に、光彬は小さく頷いてみせる。

主殿頭が言っていた『しつこい奴』と、死にゆく彦十郎の枕元に現れた子どもは同一人物…すなわち、玉兎なのではないか？　祖父は人ならざるモノも強く惹き付ける男だったが、玉兎のように神とまで呼ばれる存在が何人も居るとは考えづらい。

「……何とも、もどかしい話だな……」

虎太郎のもとを辞し、恵渡城に戻る道すがら、光彬は眉根を寄せて唸《うな》った。その肩の上には、鬼讐丸が難しそうな顔でふわふわと浮いている。『い組』ではずっと刀の中にこもっていたのに、外に出たとたん姿を現したのだ。

「まことに…。我らはこうして方々を回り、情報を集めるのが精いっぱいだというのに、あやつは好き勝手に暗躍しておるのでしょうからな…」

口をへの字に曲げ、ますます鬼瓦そっくりになった門脇から、周囲の人々がすすっと離れていく。

今のところ、光彬が玉兎について相談出来るのはこの乳兄弟だけだ。純皓も玉兎の出現じたいは知っているが、玉兎の望みが光彬の子であることを告げられない以上、何もかも打ち明けるわけにはいかない。

織之助《おりのすけ》の身体を借りて寝所に忍び込んできたあの夜以降、玉兎は一度も姿を現していない。

それから間も無く旧饒肥藩のかどわかしが発覚し、西海道の大名たちを巻き込んだ大事件に発展したため、玉兎についての調査は二の次にせざるを得なかった。今まで何の害も及ぼしていない神より、現実で罪を犯した者を裁き、被害者たちを救済することの方が、将軍としては優先すべきだったからだ。

……だが、玉兎が何もせぬまま終わるとは思えない。

身の内でざわめくのは、武者としての勘なのか…はたまた、祖父から受け継いだ血なのか。

……あやつは必ず、また俺の前に現れる。今度こそ、その願いを叶えるために。

旧饒肥藩の一件は解決したわけではない。むしろこれからが本番だろう。武家伝奏一行の饗《きょう》応《おう》を兼ねた武芸上覧も控えており、将軍としての光彬は今まで以上に多忙を極めるはずだが、玉兎の追跡も進めなければならないのだ。…光彬だけを愛してくれる純皓のためにも。

真実を知れば、何故教えてくれなかったのかと純皓は嘆《なげ》くだろう。夫婦なのだ。光彬が苦しい時は共に苦しみ、支えてやりたかったのにと。

だが光彬は、これ以上跡継ぎを望めないことで純皓を苦しめたくないのだ。かつて西の都から側室候補が送り込まれてきた折、純皓は気丈に構えてはいたが、陰では心を痛めていた。光彬が将軍などでなければ、あんなふうにつらい思いをさせずに済んだのだ。

だから玉兎の件は、光彬だけで解決しなければならない。…大丈夫だ、一人ではない。門脇が居てくれる。

「…すまんな、小兵衛。お前には苦労ばかりかける」

光彬にねぎらわれ、門脇はぶんぶんと首を振った。

「何をおっしゃいまするか！　この門脇、若をお支えするために生まれて参ったのでございます。お役に立てれば本望にございまするぞ」

「そうか。…頼もしいな」

安堵しつつも少々心苦しいのは、門脇の妻である咲の顔が思い浮かんでしまったせいだ。主従は似るものなのか、咲は門脇にぞっこん惚れ抜いている。門脇が玉兎の一件で忙殺《ぼうさつ》されれば、自邸に戻る暇もなくなり、ますます夫婦水入らずの時間が減ってしまうだろう。

……いずれ片が付いたら、まとまった休みをやろう。夫婦で湯治《とうじ》など、良いかもしれんな。

などと、門脇が聞いたら『それだけはご勘弁を』と泣いて懇願《こんがん》しそうなことを考えているうちに、二人は恵渡城に帰り着いた。門脇は表にある側用人の詰め所に向かったので、中奥に戻るのは光彬だけだ。

「お帰りなさいませ、上様」

秘密の通路から中庭に上がると、隼人が恭《うやうや》しく迎えてくれた。先触れを出したわけでもないのに、光彬の行動を先読みすることにかけてこの男の右に出る者は居ないだろう。

「ああ、今戻った。…留守中、変わりは無かったか？」

「ございません。半刻ほど後に評定所《ひょうじょうしょ》より書状が届けられますので、そちらにお目を通して頂き、それから…」

着替えの小袖を差し出したり、茶菓を用意したりとてきぱき世話を焼きながら、隼人は今後の予定を諳《そら》んじていく。将軍の予定を管理するのも、小納戸頭取たる隼人の役目だ。帰ったばかりの光彬が一息入れる時間をしっかり設《もう》けてくれるのが、隼人らしい気遣いである。

「甲斐田様…」

着替えた光彬がくつろいでいると、小納戸の一人が廊下から隼人を呼んだ。隼人がそちらに行ってしまうや、ずっと黙りこくっていた鬼讐丸が光彬の前に正座する。幼いながらも整った顔には、真剣な表情が浮かんでいる。

――あるじさま。先ほどの女子なのじゃが…。

「先ほどの女子？　郁どののことか？」

――そうじゃ。われの気のせいかとも思うたのじゃが、あの娘から…。

「恐れ入ります、上様」

珍しく困惑した様子の隼人が膝行《しっこう》してきて、鬼讐丸は口を閉ざした。光彬にしか見えない剣精の存在には気付かず、隼人は言上《ごんじょう》する。

「表より側用人の門脇様がおいでになりました。至急お目通りを願いたいとのことでございますが、如何《いかが》なさいますか？」

「何、小兵衛が？」

物言いたげな鬼讐丸の様子は気になったが、光彬は門脇をすぐに通すよう命じた。今しがた別れたばかりの門脇が至急と言うのなら、よほどのことだ。

すぐさま参上した門脇は、さっき別れた時と同じ質素な羽織と袴姿のままで、さすがの光彬も度肝を抜かれる。この生真面目な男が裃に着替える間も惜しみ、息せき切って駆け付けたとは――いったい、何が起きたというのだ？

「……それがしが詰め所に戻りましたところ、常盤主殿頭より書状が届いており申した。主殿頭は他の老中がたを招集し、会議に入っておりましたため、それがしがお届けに……」

主殿頭からだという書状を受け取り、光彬は目を見開いた。あちこち皺《しわ》の寄ったそれには、いつもより乱れた主殿頭の手跡《て》で驚くべき報告が記《しる》されていたのだ。

――志満津家当主、志満津隆義より申し出が有り。妹姫を紫藤《しとう》家の養女とし、上様のご側室に差し上げたいとのこと。


一度大奥に入り、上様のお手付きになってしまえば二度と外に出られず、身内と会うことも叶わない――という庶民の認識は正しくない。

広大な大奥には御対面所《ごたいめんじょ》と呼ばれる座敷がしつらえられており、そこでは御台所《みだいどころ》を初め、将軍のお手付きとなった奥女中たちは親兄弟との対面を特別に許されるのだ。色好みの将軍の御代では数多《あまた》の側室が使用の順番を競い、処罰者を出すまでの争いに発展したこともあるという。

当代の将軍、光彬《みつあき》の寵愛《ちょうあい》を受けるのは御台所たる純皓《すみひろ》のみだが、今まで純皓がこの御対面所を使うことは無かった。数少ない身内…紫藤《しとう》家の父や異母兄たちはわざわざ純皓のために都から訪れたりはしなかったし、純皓自身、彼らとは二度と会う気も無かったからだ。

だが今日、純皓は初めて御対面所の上座《かみざ》に腰を下ろし、来客を待っていた。

普段は質素倹約を旨《むね》とする夫に従い、落ち着いたいでたちを守る純皓だが、今日ばかりは気合いを入れざるを得ない。亀甲地《きっこうじ》に菊や枝垂桜《しだれざくら》、牡丹《ぼたん》や芍薬《しゃくやく》などの花々を段替わりで配置した豪華絢爛《けんらん》な唐織《からおり》の打掛《うちかけ》は、並の美女なら衣装に着られてしまうだろうが、純皓の典雅な美貌をこれ以上無いほど引き立てていた。

御台所の威厳を示すため、咲《さき》以外にも数多くの着飾った奥女中たちが純皓の左右を固め、花が咲き乱れる春の庭園のようだが、誰もが認めるだろう。この中で一番の麗花《れいか》は、純皓であると。

「――御台所様。御兄君、紫藤麗皓《つぐひろ》様がお越しになりました」

廊下を渡ってきた奥女中がぬかずき、恭《うやうや》しく告げた。純皓が小さく頷いてみせると、程無くして長身の男が別の奥女中に先導されてくる。

「……まあ…っ……」

躾《しつけ》の行き届いているはずの奥女中たちが、甘い声を上げた。恋する乙女のように蕩《とろ》ける眼差しを受け、男は優雅に微笑む。

三十代も半《なか》ばを過ぎてなお均整を保ったその身に纏《まと》うのは、臥蝶《ふせちょう》の文様を散らした純白の直衣《のうし》であり、頭には冠ではなく烏帽子《えぼし》をかぶっている。光彬と城表《しろおもて》で対面した時に比べれば、ぐっと砕けた服装だ。

家族との私的な語らいの場であることを意識したのと同時に、己の立場をも示したのだろう。直衣は公家《くげ》の普段着だが、公《おおやけ》の場での着用には帝の許しが必要となる。将軍御台所の前に直衣で現れることで、帝の覚えもめでたい上級貴族だとほのめかしたのだ。加えて繚乱《りょうらん》たる樺桜《かばざくら》を思わせる美貌の主とくれば、若い奥女中たちが心を奪われるのも無理は無い。

……ああ……、兄上はこういう人だったな。

誰もがうっとりと見惚れる中、純皓は自分でも驚くほど冷静に貴公子そのものの男を…久しぶりに再会した異母兄、麗皓を観察していた。

己の容姿と、それが与える影響を把握し、人心《じんしん》を掌握《しょうあく》する。かつて純皓に教えた技を、麗皓は完璧に実践してみせた。まるで師が、弟子の出来を確かめるかのように。

「お久しゅうございます、御台所様。本日はご尊顔《そんがん》を拝《はい》する栄誉に浴《よく》し、恐悦至極《きょうえつしごく》に存じまする」

下座《しもざ》につき、深々と頭を垂《こうべ》れる姿に卑屈さはまるで無い。洗練された立ち居振る舞いに、さすがは御台様の兄君、都の貴公子よと奥女中たちは揃って溜息を漏らす。

「…どうか楽になさって下さい、兄上。こちらでは城表のような堅苦しい作法は必要ございませぬゆえ」

苦々しさを御台所の威厳で覆い隠し、純皓は艶然《えんぜん》と唇をほころばせた。床《とこ》の間《ま》に飾られた大輪の緋牡丹《ひぼたん》すらかすむ微笑が、麗皓に奪われかけた奥女中たちの正気を引き戻す。お見事です、と脇に控える咲が小さく頷いた。

「ありがたき仰《おお》せ。…では、お言葉に甘えさせて頂きます」

ゆっくりと上げられた顔を、純皓はまっすぐに見詰める。

――すまん。やはり、似ていると思ってしまってな。

以前光彬がそう評した時は、そんなはずはないだろうと思ったのだ。

生母に生き写しだという自分と、正室腹の次男である麗皓は、都に居た間も似ているなどと言われたことは一度も無かった。こうして間近で向かい合っても、やはり顔の作りはまるで似ていないのに。

……何故だ？

記憶にあるよりも年を重ねた顔が、まるで鏡を見ているようだと感じてしまうのは。

同じ位置にある黒子《ほくろ》のせいではない。もっと別の何か…都に居た頃には無かった何かが、麗皓の中に潜《ひそ》んでいる。

「…畏《おそ》れ多いことながら…大きくなられましたな」

突き刺すような純皓の視線をこともなげに受け止め、懐かしそうに目を細める麗皓は、家族との再会を心から喜んでいるように見える。この男が突然姿を消し、十年以上音信不通だったとは、誰も思わないだろう。

「このような機会を設《もう》けて下さった上様のお心遣いには、いくら感謝しても足りません。もし上様もおいででしたら、お礼を申し上げたかったのですが…」

「上様もぜひ同席したいと仰せでしたが、なにぶんご多忙の身にて…兄上には不義理を詫《わ》びておいて欲しいとのことでした」

純皓はさらりと嘘を吐いた。

武芸上覧《ぶげいじょうらん》を間近に控えた光彬は確かに多忙だが、それでも今日共に麗皓と対面したいと望んでいたのだ。ひとまずは兄弟だけで再会を祝いたいから、と心にも無い言い訳を並べ、断ったのは純皓である。

光彬は…肉親の情に篤《あつ》く、純皓と麗皓がまっとうな兄弟だと信じて疑わないあの純粋な夫だけは、同席させるわけにはいかなかったのだ。今日のこの席は、久方ぶりの再会を楽しむためではなく、獲物を捕らえるための罠《わな》なのだから。

……さっさとけりを付けるぞ。

ちらりと横目で窺えば、承知、と咲はまばたきで応じた。

旧饒肥藩《じょうびはん》のかどわかしに、麗皓はどう関わっていたのか。そもそも何故突然西の都から消えたのか。今まで誰の庇護《ひご》を受け、どこで何をしていたのか。全ての疑問をさっさと明らかにしたいのは、咲とて純皓と同じだ。

……かどわかしの一件だけでも解決させなければ、光彬たちを問い詰められないからな。

このところ、光彬と門脇《かどわき》の様子が少しおかしいのだ。純皓の愛撫にはいつも通り応《こた》えてくれるのにどこか上の空で、昨日など精進日《しょうじんび》でもないのに大奥には渡らず、中奥《なかおく》で休んでしまった。咲によれば、門脇も同じような有様らしい。

三日前、久しぶりに城下へくり出したことは聞き出した。そこで何かあったのに違いないが、光彬は固く口を閉ざし、語ろうとはしない。

いつもの純皓なら迷わず快楽漬けにし、半《なか》ば無理やりにでも聞き出しただろう。こと光彬に関して正妻たる自分に知らないことがあるなんて、許せるわけがない。

だが今の光彬は、武家伝奏《てんそう》一行の饗応《きょうおう》と旧饒肥藩のかどわかしという厄介《やっかい》ごとを二つも抱える身。無理を重ねさせるわけにはいかなかった。その心にどんな悩みを抱えているのか口を割らせるには、厄介ごとを減らしてやるしかないのだ。

「不義理などと、とんでもない。こうして御台所様にお会い出来ただけでも、ありがたいことと思うております。こちらこそ、上様にはくれぐれもよろしくお伝え頂きとうございます」

罠に嵌《は》められつつあるとも知らず、麗皓は鷹揚《おうよう》に微笑んだ。純皓はぱらりと扇子を広げ、小首を傾げる。

「まあ、兄上。私と会えて嬉しいと、そう思って下さるのですか？　上様がこちらにいらっしゃらなくても？」

「もちろんです、御台所様。恐れながら御台所様は、我が弟であられる。肉親との再会を喜ばぬ者が居りましょうか」

「そのお言葉、嬉しゅうございます。……では……」

純皓の目配せに頷いた咲が、ぽんぽんと掌《てのひら》を打ち鳴らす。麗《うるわ》しい兄弟の会話に見入っていた奥女中たちははっと我に返り、打掛の裾《すそ》をさばきながらぞろぞろと退出していった。

広い座敷に兄弟と咲の三人だけになると、純皓はぱちりと閉じた扇子の陰で唇を吊り上げる。今までの御台所然とした優美な笑みではなく、獲物を追い詰めた狩人のそれが、純皓の美貌を鮮やかに彩《いろど》る。

「……こうすれば、もっと遠慮無く懐かしいお話が出来ますね」

「御台所様…」

「昔のようにお呼び下さい、兄上。ここは城表ではないのですから」

そう、ここは大奥…純皓が君臨する花園だ。幕臣《ばくしん》の頂点に立つ老中《ろうじゅう》すら、口出しを許されない。ここで起きたことは全て純皓の掌《てのひら》の上。何があろうと——たとえば人一人が消えたとしても、外に漏れることは無い。

「……本当に、大きくなったものだ」

呟く麗皓の声音から、甘さがすっと抜け落ちた。代わりに漂う不穏な空気に、咲がぶるりと身を震わせる。

「昔のお前は相手を突き落とすのにためらい、逃げられることもままあったが…」

「貴方《あなた》を逃がすわけにはいきませんから」

「…いい顔だ。あの上様を、心底慕《した》っているのだね」

純皓の纏《まと》う殺気に小揺るぎもしない麗皓は、気付いているのだろう。人知れず対面所を囲む、『八虹《やこう》』の配下たちの存在にも——可愛がっていた異母弟が、闇に住まう者に成り果ててしまったことにも。

「ええ。……惚れ抜いております」

「あの御方のためなら、私を手にかけることすら厭《いと》わないのだろうね」

「兄上が素直に私の問いにお答え下さるのなら、その必要もなくなりますが」

緊迫した空気にそぐわぬ穏やかな遣り取りに奇妙な既視感を覚え、純皓は舌打ちをしたくなった。

…昔からそうだ。幼い純皓がいくら食ってかかっても、この異母兄は決して感情を揺らさない。そして気付けば、こちらの方が麗皓の調子に巻き込まれている。如来《にょらい》の掌の上でもてあそばれる、孫悟空《そんごくう》のように。

「お前が私に問いたいことといえば…何故私が都から消えたのか。今まで誰の庇護を受け、何をしていたのか。今さらどうやって宮中に返り咲き、武家伝奏の補佐役を射とめたのか…そんなところかな?」

「もう一つあります。…貴方が、旧饒肥藩のかどわかしに関わっているのかどうか」

「ほう……」

長い睫毛《まつげ》に縁取られた目を瞠《みは》ったのは、単に驚いたのか、図星を指されたからなのか。手にした檜扇《ひおうぎ》をもてあそぶ姿からは、どちらとも判断がつかなかった。

やりづらいことこの上無いが、純皓とて何の確証も無く旧饒肥藩という手札を切ったわけではない。『八虹』の配下たちが、着々と情報を集めてくれている。

「兄上が…武家伝奏一行が逗留《とうりゅう》中の寺院に、佐津間《さつま》藩の者が出入りしていますね。かの寺院は将軍家ゆかりの古刹《こさつ》。幕府を敵視する佐津間藩の関係者が、寄り付くはずもないのに」

「……」

「かどわかしには、旧饒肥藩のみならず西海道《さいかいどう》の大名たちのほとんどが関係していたと幕閣は見ています。…そして私は、かどわかしに遭った弥吉《やきち》という少年から、船内で私によく似た貴《き》人《じん》に助けられたと聞きました」

その貴人が旧饒肥藩の藩士たちだけではなく、前藩主からも丁重な扱いを受けていたこと。前藩主の野望を煽《あお》り、そそのかしていたこと。弥吉から聞いた事実を、純皓は淡々と並べ立てていく。

「単刀直入に伺います。——貴方は都を出奔《しゅっぽん》した後、佐津間藩主である志満津隆義《しまづたかよし》の庇護を受けていた。その縁で旧饒肥藩とも繋がり、かどわかしに協力していた。…違いますか？」

「志満津は朝廷と縁の深い家だ。佐津間藩の者の出入りがあったからといって、私と会っていたとは限るまいよ」

麗皓の言葉は間違ってはいない。今は遠い戦乱の世、武力を持たない公家は己の身を守るために有力武将を頼り、陽ノ本《ひのもと》各地に下向《げこう》した。南蛮《なんばん》貿易で内証《ないしょう》の豊かだった志満津家には、数多くの公家が身を寄せたのだ。

武家伝奏一行には麗皓以外にも、何人もの公家が同行している。かつての縁がまだ生きており、隆義が家臣を挨拶に遣わしたという説明も無理筋ではないが…。

「志満津隆義は野心家です。隙あらば幕府の喉元に喰らい付き、かつての恨みを晴らさんと爪《つめ》を研《と》いでいる。賄賂《わいろ》で地位を買った武家伝奏一行の者たちが、あの男の眼鏡にかなうとは思えません。…兄上、貴方以外には」

「…この身を、ずいぶんと高く買ってくれたものだ」

直衣の広袖《ひろそで》をひらめかせ、麗皓は口元にかざしていた檜扇を閉じた。笑みの形に歪《ゆが》んだ唇を、純皓と同じ場所にある黒子が艶やかに彩る。

「では、お礼に教えてあげようか。…私が廣橋《ひろはし》どのの補佐役に選ばれたのは、義妹《いもうと》がいずれ上様の側室に上がるからだよ。我が義弟《おとうと》となられる上様に、私がご挨拶に上がるのは当然だろう？」

「――は？」

完全に予想外の方向からの一撃に、つかの間、頭が真っ白に染め上げられた。咲もまた、ぽかんと口を開けたまま硬直している。

「…何をおっしゃるのですか、兄上」

ようやく絞り出した声は、かすかに震えていた。――そんなはずはない。光彬からは何も聞いていないのだ。

「我らの妹は、上様の御台所になるはずだった姫以外には居りません。こともあろうにあの姫は輿入《こいし》れ直前に卑《いや》しい男と逃げ、その代わりに私が参ったのです。…まさかあの姫が見付かり、今さら上様と添いたいとでも？」

「まさか。仮にあの姫が見付かったとしても、卑しい男に肌を許した者を上様のお傍《そば》に上げるわけにはいくまい。急なことゆえお前にはまだ連絡が届いていないのだろうが、我らが紫藤家は養女を迎えたのだよ。…佐津間藩主、志満津隆義公の妹姫を」

「……!?」

ひゅっと吸い込んだ息が粘《ねば》り気を帯び、肺腑《はいふ》に絡み付いてくるようだった。にもかかわらず妙に冷静な頭が、算盤《そろばん》でも弾《はじ》くように答えを導き出していく。

純皓の知る限り、志満津家と紫藤家に直接の繋がりは無い。ならば両家を結び付けたのは、麗皓以外にありえなかった。麗皓の庇護者が隆義なのではないかというのは、半ばかまをかけたようなものだが、麗皓はあっさりと認めたのだ。

だとすれば、突然都に舞い戻った麗皓が宮中に迎え入れられた理由も想像がつく。

紫藤の父と、跡継ぎである正室腹の長兄《ちょうけい》だ。純皓が御台所として大奥に君臨し、養女となった姫が光彬の子を…世継ぎを産めば、紫藤家は次代の将軍の外戚《がいせき》として権勢《けんせい》を振るえる。

あの浅はかな親子は愚《おろ》かにもそう目論《もくろ》み、姫を養女に迎え、麗皓を武家伝奏の補佐役にねじ込んだのだろう。

腐っても右大臣だ。その後押しがあれば、廣橋とて拒《こば》めなかったに違いない。

最も得をするのは隆義だ。妹が名門紫藤家の養女に迎えられるだけでも名誉だが、甥《おい》が次代《じだい》の将軍になれば、幕政《ばくせい》に大きな影響をもたらせる。それは冷遇され続けた西海道の大名たちの悲願でもある。

考えようによっては、純皓にも利益はあるのだ。佐津間の姫が産む子は、純皓にとっては義理の甥。我が子として手元で養育すれば、子を産めない純皓でも世継ぎの母と遇され、御台所としての権力は盤石《ばんじゃく》となる。

……何て、たちの悪い……。

握り締めた扇子が、みしりと軋《きし》んだ。

害をなすだけの悪党なら、さっさと始末してしまえばいい。だが麗皓は関わった誰に対しても、少なからぬ益をもたらすのだ。下手に報復したら、こちらの方が悪者にされてしまう。姿こそ高雅《こうが》な朝廷貴族だが、中身はまるで手練《てだ》れの忍びだ。下級の忍びは相手を傷付け、己も傷付く。中級の忍びは己は傷付かず、相手だけを傷付ける。上級の忍びは己も相手も傷付けずに目的を達成する。加えて利益まで与える麗皓は、上級の忍びにも勝《まさ》るかもしれない。敵に回して、これほど厄介な存在は居ないだろう。

……だが、引き下がるわけにはいかない。

「…私は、上様からそのようなお話など伺っておりませんが」

「それはおかしいな。先日、志満津公が側用人《そばようにん》の門脇様を通して幕閣《ばっかく》に願い出られたはずだ。上様のお耳に届いていないわけがない」

小さく息を呑んだ咲は、きっと純皓と同じ結論に至ったのだろう。このところ揃って様子がおかしかった光彬と門脇――その元凶は、隆義の申し出だったのだと。

ちろちろと胸の奥を炙《あぶ》っていた炎が、ぶわりと広がっていくのを止められない。敵を前に感情に流されるなど、それこそ下級の忍びにも劣《おと》る愚行《ぐこう》なのに。

――敵？

自然に閃《ひらめ》いた言葉に、今さらながら純皓は気付かされる。

――そうだ、この男はもはや兄ではない。すみやかに始末すべき敵なのだ。

くらりと視界が揺れたのは、幼い頃の記憶が脳裏を駆け抜けていったせいか。異母弟が眩暈《めまい》から立ち直るより早く、麗皓は意味深長に笑い、追撃をくり出す。

「あの上様が自分を裏切るはずはないと、思っているのか？」

「……っ…」

「上様は誠実で、愛情深い御方だ。それは認めよう。だが、好むと好まざるとに関わらず、上様はいずれ必ず志満津の姫を娶《めと》らざるを得なくなる。これは私自身の望みでもあるのだよ。……そのためなら…」

纏《まと》わり付く指貫《さしぬき》の裾《すそ》を軽やかにさばき、片膝を立てると、麗皓は年齢を感じさせない白い顔をずいと近付ける。『八虹』の長《おさ》に接近しようものならすぐさま阻《はば》むはずの咲が、身構えたまま ひくっと喉を鳴らした。

「――私はお前から、上様を奪うことも辞さない」

『……いつか、必ず……』

懐かしい白檀《びゃくだん》の香りに混じり、椿《つばき》の花をじっと眺めていた真摯《しんし》な横顔が脳裏にたちのぼった。

その瞬間、純皓は理解する。まるで似ていないはずの異母兄が、どうして自分にそっくりだと思ったのか。

……血の匂いだ。

拭《ぬぐ》っても拭いきれない血の匂いが、麗皓の全身にこびりついている。『八虹』の長として闇社会に溶け込んできた純皓に負けぬほど、濃厚に。穢《けが》れを忌《い》み嫌い、荒事《あらごと》とは無縁のはずの公《く》家《げ》の子息が、この十年あまりの間にどれほどの血を浴びたのか……その手で、何人を冥土《めいど》に追いやったのか。

——この男は、ここで消さなければならない。

闇組織の長としての直感が、純皓に警告する。

——生きて帰せば、この男は災厄を撒《ま》き散らす。死体の山の上で、優雅に微笑みながら。

「太夫《たゆう》っ……」

咲が悲鳴を上げて初めて、純皓は己が打掛の袂《たもと》に手を差し入れていることに気付いた。不測の事態に備え、そこには使い慣れた小刀を仕込んである。

麗皓が本当に佐津間藩の庇護を受けており、旧饒肥藩のかどわかしへの関与を認めたら、必要に応じて捕縛《ほばく》する。事前の打ち合わせではそういう手はずになっていた。純皓が育て上げた配下たちに拷問されれば、どんな豪傑《ごうけつ》だろうとたまらず口を割るし、佐津間藩に対する人質としても使えるからだ。

麗皓は御台所と対面して帰った、その後の行方など知らないと言い張れば、廣橋や佐津間藩がどれほど疑心《ぎしん》を持とうと、御台所の支配する大奥を糾弾《きゅうだん》出来るわけがない。

だが、殺してしまえばおしまいだ。骸《むくろ》からは何も聞き出せず、利用も出来ない。わかっている。殺すのは愚策《ぐさく》だ。万が一骸を運び出す途中で人目につきでもすれば、幕府の面子《メンツ》をかけた犯人探しが始まってしまうだろう。

……それでも俺は、この男を……！

袂に差し入れた指先が、小刀の柄《つか》に触れる。握り締め、鞘《さや》を払った。純皓の殺気を正面から浴びてもなお微笑んだままの麗皓の、男にしては細い喉首――そこに刃を突き立てれば、一瞬で終わる。

ほとばしる鮮血を、はっきり脳裏に思い描けた。麗皓がどんな修羅場に身を置いていたとしても、身体能力では純皓の方が上だ。

しくじる要素は一つも無い。…無いはずなのに、何故…！

「――御台？」

戸惑いがちの声が耳朶《じだ》を打った瞬間、最高潮まで高まっていた殺気は霧散《むさん》した。ばっと振り返った先、開かれた襖《ふすま》の傍で、この世で最も愛《いと》しい男が目を見開いている。

……何故、お前がここに居る⁉

来ないで欲しいと止められても、純皓に唯一優しく接してくれた麗皓に、夫として挨拶をしておきたかったのだろう。将軍と武家伝奏の補佐役という立場では、私的な会話など交わせなかったはずだから。

光彬はそういう情の深い男だとわかっているのに、胸が千々《ちぢ》に乱れる。指先の震えが止まらない。もしも…もしも純皓が血の繋がった兄を殺そうとしていたと、光彬に知られたら――。

「…これは上様。わざわざ足をお運び下さったのですか」

浮かべたままの笑みを深め、麗皓は光彬に向き直った。離れていく間際、打掛の袂にするりと手を差し入れ、純皓の手から小刀を抜き取っていく。

手妻《てづま》めいた素早さで直衣の袂に滑り込まされた小刀には、さすがの光彬も気付かなかったようだ。座敷に上がり、自《みずか》ら襖を閉める。供の一人も連れず、忍びで中奥を抜け出してきたらしい。周囲に配置した『八虹』の配下たちも、さすがに将軍その人を実力行使で止めるわけにはいかなかったのだろう。

「ああ。先日はろくに話せなかったから、来てみたのだが…邪魔だったかな？」

「とんでもない。御台所様とお会い出来たのは久方ぶりゆえ、つい昔のように話し込んでしまいました。上様には直接お礼を申し上げたいと思っておりましたので、おいで下さり嬉しゅうございます」

「そう言ってもらえるとありがたいが、貴殿《きでん》は御台の兄、つまり余《よ》の義兄《あに》でもある。兄と弟の対面に、堅苦しい作法など必要あるまい」

光彬らしい言い分に、麗皓はほんのりと頬を赤らめる。しばたたくまぶたで震える長い睫毛が、えもいわれぬ色香を滲《にじ》ませた。

「私を、兄と思うて下さるのですか？　御台所様に不義理を働いてしまった、この私を…」

「貴殿にはずいぶん良くしてもらったと、御台から聞いている。都を離れたのにも、相応の理由があったのだろう。余は兄上たちとは縁薄かったゆえ、貴殿のような義兄が居てくれれば嬉しく思うぞ」

「あぁ…、何とありがたき仰《おお》せか…」

感じ入ったようにうつむく麗皓は、さながら雨に打たれた梨の花だ。男なら誰もが庇護欲をそそられ、抱き寄せたくなる…。

「っ…、き……」

「……御台?」

わななく喉から呻《うめ》きが漏れると、光彬は純皓の傍らに膝をついた。

横顔を隠してくれる長い黒髪に、純皓は密かに感謝する。至近距離で覗き込まれたら、気付かれてしまっただろうから。妻の顔が、嫉妬で醜《みにく》く歪んでいることに。

「どうしたのだ、御台。気分でも悪いのか?」

「恐れながら、上様。御台所様は先ほどから、寒気がすると仰せでした。名残惜《なごりお》しゅうございますが、そろそろおいとましようと思っていたところでございます」

気遣わしげに告げる麗皓は、きっと心の底から弟を案じる兄の顔をしているのだろう。すんでのところで死を逃れた安堵も恐怖も、いたわりに満ちた声音からは窺えない。

「…いや、だが…」

「我らはもうしばらく恵渡《えど》に滞在いたします。光栄にも、武芸上覧には御台所様のご降臨《こうりん》を賜《たまわ》れると聞いておりますし、お話しする機会はまだございましょう」

誰か、と麗皓が襖の向こうに呼びかけると、打掛姿の奥女中が現れた。忍んできた光彬を案内し、そのまま控えていたのだろう。

「私はこちらのお女中に案内して頂きますゆえ、お見送りは必要ございません。上様はどうか、御台所様に付いていて差し上げて下さい。…お願い出来ましょうか？」

「は…っ、はい！　お任せ下さいませ！」

麗しの貴公子に微笑みかけられ、奥女中は上擦った声で何度も頷いた。麗皓は檜扇をぱちりと閉じ、優美に一礼する。

「御台所様、どうか御身《おんみ》をお大切に。…では上様、武芸上覧を楽しみにしております」

「…ま……」

待て、と口走りそうになり、純皓は唇を噛んだ。ここで麗皓を引きずり倒し、捕らえるのは簡単だ。だがそんなことをすれば、麗皓は純皓が己を殺そうとしていた証拠を…袂の中の小刀を光彬に突き付けるだろう。

奥女中に先導され、遠ざかっていく直衣の後ろ姿を、純皓は屈辱に打ち震えながら見送るしかなかった。命を刈り取る寸前まで追い込んだのに逃げられたのは、生まれて初めてだ。

「……下がっていろ、咲」

麗皓が襖の向こうに消えるや、純皓は低く命じた。びくりと震えた咲が無言で従ったのは、主の全身から発散されるどす黒い空気に怯《おび》えたからかもしれない。

「純皓……？」

立ち上がった純皓を、困惑も露《あら》わに見上げてくる光彬が憎らしくてたまらなかった。志満津の姫の存在を隠したのみならず、麗皓の抹殺まで邪魔してくれたこの愛しい男を、どうしてくれようか。

……いや、違う。

本当に憎らしいのは麗皓と…あの男にさんざんもてあそばれた自分だ。純皓から小刀を取り上げることで、麗皓は死の罠から抜け出したばかりか、大きな貸しまで作っていった。純皓が最も恐れるものを、看破《かんぱ》していたのだ。

……ああ、そうだ。俺は何よりも怖いんだ。光彬に幻滅されることが。

『八虹』の長として闇に身を浸《ひた》してきた事実さえ、光彬は受け容れてくれた。当然、純皓の手が血に汚れていることも知っている。

だが光彬は、不遇の妻に唯一優しくしてくれた麗皓に好意を抱き、純皓とは仲の良い兄弟であると信じて疑わない。なのに純皓が麗皓を殺せば、光彬の純粋な心には必ずひびが入るだろう。事情を説明すれば、きっとわかってくれる。

でも一度ひびの入った心は、決して元通りにはならない。慕《した》っていた兄さえ殺す残虐な妻なのだと、心のどこかで光彬は純皓を怖れ続ける。…光彬にとってこの世で最も美しく愛おしい者では、なくなってしまう。これ以上の恐怖があるだろうか。

「…どうして、黙っていた」

きつく握り込んだ指先がぎりぎりと掌《てのひら》に食い込む。鋭い痛みさえ、身の内に広がっていく激情の炎の歯止めにはならない。

「志満津隆義の妹が紫藤家の養女となり、お前の側室として大奥に上がるんだと…どうして黙っていたんだ？」

「……！　落ち着け、純皓。それは…」

「根も葉も無い噂…なんかじゃないだろう。あの男が、そう言っていたんだから」

小さく跳ねた肩を、純皓は見逃さなかった。衣擦《きぬず》れの音すらたてずに片膝をつき、光彬のひくつく喉に指先を這わせる。

「もう、志満津の姫には会ったのか？」

「…純皓…っ」

「どんな女だ？　お前好みの女だったのか？　……俺よりも？」

応《こた》えを待たず、喉首ごと光彬を畳《たたみ》に押し倒した。刀を用いての真っ向勝負なら、純皓に勝ち目は無い。だがこうして不意を突けば、簡単に組み敷ける。…組み敷けてしまう自分に、反吐《へど》が出る。

「あ……！」

素早く袴《はかま》の腰紐《こしひも》を解き、差し入れた手で下帯《したおび》越しに性器を握り込んだ。いつもなら愛おしさしか感じない熱と脈動が、今日ばかりは苛立ちに拍車をかける。

……これで、志満津の姫を愛してやったのか。

どす黒い妄想に、頭が支配されていく。毎日中奥で政務に励《はげ》み、夜になれば大奥に渡ってくる光彬にそんな暇が無いことくらい、わかっているのに。

「…いっそ、喰いちぎってやろうか」

びくり、と光彬の喉が上下する。胸の奥に生じた願望が、口を突いて出てしまったようだ。

さっきから自分はおかしい。いつもなら完璧に制御出来ている感情が理性の手綱《たづな》を振り切り、荒れ馬のように暴れ狂っている。

「お前のこれを…俺の中に。そうすればお前は…、二度と俺以外の誰にもこの身体を晒《さら》せなくなるだろう？」

「っ…、う……」

「…志満津の姫なんかに…、俺の夫を、くれてやるものか…っ…！」

吐き出したとたん、視界がぐにゃりと歪んだ。光彬の肩を押さえ込む手が、脚を割る膝が…いや、全身が小刻みに震えている。

とうとう頭までおかしくなったのか——紫藤麗皓という高雅な毒が、全身に回りつつあるのか…。

「……純皓っ！」

緩《ゆる》んだ拘束から抜け出した光彬が、両腕を伸ばした。反撃を覚悟し、とっさに目をつむった純皓の頭を、きつくかき抱く。

「……っ、……？」

「すまぬ…、純皓。妻をこのように泣かせるなど、俺は夫として許されぬ振る舞いをしてしまった…」

「…あ…、っ……」

乱れた髪を優しく梳《す》かれ、純皓は己がさっきから滂沱《ぼうだ》の涙を流しているのだとようやく悟《さと》った。項《うなじ》から背中を壊れ物でも扱うかのように撫でられるうちに、どろどろと荒れ狂っていた感情の渦《うず》は少しずつ凪《な》いでいく。

涙が止まり、鮮明になった視界の中、光彬は安堵の笑みを浮かべた。雲間から覗いた太陽のようなそれに、純皓の目は釘付けになる。

「…何故、そんなふうに笑ってくれるんだ」

「え…？」

「俺はお前に…、っ…」

言葉にするのもためらわれるような、惨《むご》い真似をしでかすところだった。二度と純皓以外を相手に出来ない身にしてやりたいという願望は、今でも胸の奥にくすぶり続けているのに。…純皓の醜《みにく》い心など、光彬にはお見通しのはずなのに。

「…最初に傷付けたのは、俺の方だ」

耳元で囁く声音には、懺悔《ざんげ》の響きがこめられていた。

「志満津から、当主隆義の妹を紫藤家の養女として側室に上げたいという申し出は確かにあった。旧饒肥藩のかどわかしの一件で動揺している西海道の諸藩に安寧《あんねい》をもたらすため、というもっともらしい理由でな。…だが、即刻断った」

「…何故?」

「あの者たちにかけられた疑いは、晴れたわけではないからだ」

光彬が言うには、旧饒肥藩に派遣された調査団から届いた報告書により、幕閣は西海道諸藩への疑惑をいっそう深めたそうだ。

これを機に反抗的な西海道諸藩の牙を抜くべく、決定的な証拠集めにかかっているという。もしかどわかしへの関与が明らかになれば、どんな大藩でも…そう、たとえ西海道諸藩の盟主的な存在たる佐津間藩主、志満津隆義であろうと改易《かいえき》は免《まぬが》れまい。

調査を主導するのは、常盤主殿頭《ときわとのものかみ》だ。亡き親友の孫であり、絶対の忠誠を誓う光彬の治世を安定させるためなら、西海道を丸ごと幕府直轄地《ちょっかつち》にするくらい、やってのけるだろう。

その不穏な気配を察知したからこそ、隆義は妹姫を光彬の側室に差し出そうとしたのだ。幕府が断りづらいよう、御台所の生家である紫藤家の養女として。

麗皓を長きにわたり庇護してきたのも、こういう場合に備え、朝廷との懸け橋として利用するためだったのかもしれない。生粋《きっすい》の貴族である麗皓と西海道の大名がどうやって出逢ったのかは、想像もつかないが…。

……それだけじゃない。兄上…あの男が何故都から消えたのかも、結局は謎のままだ。志満津の姫を光彬に押し付けることも、隆義ではなくあの男自身の望みのようだったし……。

次々と疑問が湧いて出るのは、頭が冷静さを取り戻しつつある証拠だ。強張《こわば》りの抜けた身体の重みを受け止め、光彬はそっと告白する。

「…だがそれは、表向きの理由だ。本当は、俺が嫌だったからだ」

「…っ…、光彬…」

「志満津の姫だろうと、紫藤家の養女だろうと関係無い。俺が欲しいのは…純皓、お前だけだ。たとえ幕閣が全員賛成したとしても、俺は同じ決断を下しただろう」

そっとおとがいを掬《すく》い上げられる。

密《ひそ》かな願いが伝わったのだろう。光彬は伸び上がり、純皓の唇に己のそれを重ねてくれる。

「俺にとってはもう終わったことだ。わざわざお前の耳に入れ、悲しい思いをさせることは無いと思っていた。…だが、こんな形で知られるくらいなら、話しておくべきだったのだな」

すまん、と潔《いさぎよ》く詫びられ、純皓は今度は己から唇を重ねた。触れ合った部分から、麗皓に移された毒が浄化されていく気がする。

「…違う。悪かったのは俺の方だ。あの男に吹き込まれた言葉を、鵜呑《うの》みにしてしまった」

いくら様子のおかしい光彬に不審を抱いていたからといって、裏も取らず激情に囚われるなど、いつもの純皓ではありえない失態だ。これが『八虹』の任務なら、最悪、命を落としていたかもしれない。

「どうかしていたとしか思えない。言い訳にもならないが…」

「…麗皓は、お前に何と言ったんだ？」

「志満津の姫を紫藤の養女として、お前の側室に差し出す。それはあの男自身の望みでもあり…そのためなら、お前を俺から奪うことも辞さないと」

「そんなことを…？」

光彬は瞠目《どうもく》し、不可解そうに眉根を寄せた。

「しかし、仮にその通りになったとして、麗皓に何の益がある？　もちろん、お前の父の右大臣は朝廷での昇進を後押ししてくれるだろうし、隆義とて報酬は惜しまないだろうが…あの男がそういう即物的な願いを抱くとは思えん」

「同感だ。都に居た頃から、あの男は何に対しても執着しなかった。正室腹なんだから、その気になれば長兄から家督《かとく》を奪い取ることだって出来ただろうに…」

純皓の長兄は正室が輿入れしてすぐ産んだ子だ。麗皓とは一回り近く、純皓にいたっては親子ほどに歳が離れている。

紫藤家の嫡男《ちゃくなん》ゆえに高い地位に在《あ》るが、短気な上に異常な色好みで、昔から気に入った女は人妻だろうと嫁入り前だろうと構わず食い散らかし、ほうぼうで揉《も》め事を起こしていた。

公家の鼻つまみ者の長兄など、麗皓なら簡単に排除し、取って代われたはずだ。なのに麗皓は野心の欠片《かけら》も抱かず、次男の地位に甘んじ続けた。公家としての栄達にも、地位を利用し私腹を肥やすことにも興味を示さなかった。

唯一執着を見せたのは、純皓の住んでいた町家《まちや》の庭に咲く椿くらいだろうか。男と逃げた母と同じ名の、不吉な花…。

「…あの男と、呼ぶようになってしまったか」

光彬は悲しげに息を吐いた。

不遇のまま死なせてしまった吉五郎《きちごろう》の分まで、純皓と麗皓には仲の良い兄弟でいて欲しかったのだろう。そういう男だからこそ、惚れ抜いているのだが…。

「俺からお前を奪おうとするなら、もう兄とは思わない。…思えるわけがない」

「本当に、そうなのか?」

「……」

「何とも思わぬ相手に何をされても、どうもしないだろう。お前がそこまで動揺したのは、麗皓を兄として慕っているからこそではないか?」

……ああ。だから光彬には敵わない。

純皓はそっと光彬の肩に顔を埋めた。麗皓を仕留め損《そこ》なったのは、思いがけず光彬がやって来たから…それだけではない。自分が一番よくわかっている。

「…とっくに、捨てたはずだったんだ」

肉親の情も。唯一、穏やかに過ごせた幼い頃の記憶も。

「今まで、思い出したことも無いのに…あの男と再会したら…」

「心の中から溢れて、止まらなくなったか？」

小さく頷けば、光彬はくすぐったそうに肩を揺らした。

「無理も無い。お前は優しい、情の深い男だからな」

「…そんなことを言うのは、お前くらいだ」

「きっと麗皓も、そう思っているさ。お前のような弟が居たら、愛さずにはいられないだろう」

何だか妙な気分だった。あの毒のような男が去り、ついさっきまで光彬のそこを喰いちぎってやる気満々だったのに、元凶であるはずの男の話で和《なご》んでいるのだから。

「……お前でも、か？」

囁きに潜《ひそ》む艶《つや》に、気付かないはずはないだろう。だが光彬はふっと笑い、純皓の頭を優しく叩く。

「そうだな。お前が俺の弟だったら、毎日武芸や学問を教えてやったり、同じ膳《ぜん》を囲んだり…時には共に町へくり出し、遊んだり…」

それはきっと、光彬が亡き吉五郎にしてやりたかったことなのだろう。光彬にはもう一人、異母弟の鶴松《つるまつ》が居るが、将軍とその世継ぎという立場では、兄弟らしい触れ合いの時間はなかなか持てない。

小さな胸の痛みを覚え、純皓は耳元で甘く囁く。

「閨《ねや》は、共にしてくれないのか？」

「…するわけがないだろう。兄弟なの、…に…っ」

差し入れたままの手を下帯の中に滑《すべ》らせ、肉茎《にくけい》をじかに握ってやる。敏感なくびれを刺激しながら、先端の小さな穴に指先をめり込ませた。

「あ……っ、純皓…」

「俺がお前の弟なら、毎夜褥《しとね》に忍び込んで、一滴も出なくなるまで搾《しぼ》り取ってやってただろうな。…そうでもしなければ、不安でどうしようもない」

どこにどんな身分で生まれたとしても、光彬はその気高く無垢《むく》な心で周囲を魅了するだろう。誰にも奪われないよう、光彬にはもう純皓という男が居るのだと知らしめてやらなければならない。

——そう、こんなふうに。

「……あにうえ」

わざとたどたどしく呼んでやれば、先端からとぷりと先走りが溢れ、指先を濡らした。組み敷いた身体は、衣越しでもそうとわかるほどの熱を帯びていく。

「す、…純皓…お前、何をして…」

「何を？　…そんなの、可愛がってもらうに決まってるだろう？　俺はお前の弟なんだから」

「そ…っ、それはもしもの話で……っ！」

慌てる光彬の耳元で、あにうえ、と再び囁く。

おもむろに身を起こせば、頬を真っ赤に染め、口をぱくぱくとうごめかせている光彬と目が合った。肌を重ねるようになって四年。互いの情け所も泣き所も知り尽くし、鳴かせることも鳴かされることも同じくらいある今、光彬がこんなふうに恥じ入るのはめったに無い。

……この男は…っ……。

興奮に震える唇を、純皓はゆっくりと舐め上げた。一瞬で勃《た》ち上がった股間の肉刀《にくとう》が、痛いくらい脈打っている。

四年間、熱を貪《むさぼ》り合わない日の方が少なかったのに。光彬の身体に、この手や舌が触れていない場所など無いはずなのに。

探っても探っても、光彬の全てを味わうことは出来ない。純皓の知らない光彬が、愛しいこの身体のあちこちに隠れている。純皓はとうに、身も心も光彬に捧《ささ》げ尽くしてしまったというのに。

――全部、捕らえてやりたい。この手の中で恥じらわせて、乱れさせて……。

「…あにうえ…」

艶然《えんぜん》と微笑み、兄にまたがったまま打掛を脱ぎ捨てる弟など居るわけがない。ごくりと喉を鳴らし、弟に見惚れる兄も存在するわけがなかった。

承知していながらお互い異議を唱《とな》えないのは、いつもと違う倒錯《とうさく》した空気に酔っているせいなのか。…それとも、麗皓が撒き散らしていった毒の残り香なのか…。

「ねえ…、あにうえ。助けて下さい…」

とろけるように甘い声音でねだり、純皓は股間を光彬の太股に擦《こす》り付けた。もちろん、光彬の大切な部分を捕らえたまま。

「…ど…、どうした、のだ…？」

「身体が…、身体のあちこちが、痛くて……」

苦しげに訴えておきながら、どこが痛むのか、どうして欲しいのかは決して口にしない。遊女めいた手管《てくだ》に、熱に浮かされた光彬はあっさりと絆《ほだ》されてしまう。

「…痛いのは…、ここか…？」

乱れた小袖《こそで》の隙間から震える手を差し入れ、充溢《じゅういつ》した肉刀を握る。

閨を共にして間も無い頃を思い出させるぎこちなさに、純皓のそこはどくんと脈打ち、透明な先走りを溢れさせた。光彬の指を濡らしてやったと思うだけで息が熱くなるのは、自分も相当愛しい夫の初々《ういうい》しい姿にやられている証拠なのだろう。

「あ…、ぁっ…、あにうえ…」

なまめかしく腰を振り、光彬の掌に肉刀を擦り付ける。褥の中、引き締まったその尻を割り開き、思うさま突き上げてやる時と同じように。

「…は…っ、…純、皓っ……」

同時に肉茎をぎゅちぎゅちと揉みしだかれ、喘《あえ》ぎを堪《こら》え切れない光彬の何と艶めかしいことか。上下する喉に噛み付いてやりたいのを我慢し、純皓は畳をかきむしっている夫のもう一方の手を取る。

「ここも、痛いのです…あにうえ…」

小袖の上から純皓の左胸に触れさせられた瞬間、こぼれそうになった甘い悲鳴を、光彬はとっさに呑み込んだ。妄想に歪んだ頭の中でも、兄だという自制が働いたのだろうか。だが、男の身体は正直だ。純皓の手の中で肉茎を猛《たけ》り狂わせておいて、嘘など吐《つ》けるわけがない――いや、吐かせない。

「……触って……」

布越しではなくじかに触れて、愛《め》でて欲しい。この疼《うず》きを鎮《しず》められるのは、お前以外居ないのだから。

無言の訴えは、ちゃんと届いたようだ。緊張にわななく手が小袖の合わせから入り込み、純皓の肉粒をそっとつまむ。硬く尖り、愛撫を待ちわびていたそこから、痺れにも似た快感が全身を駆け抜けた。

「あぁ……っ」

演技ではない嬌声《きょうせい》を純皓に上げさせられるのはこの世でただ一人、光彬だけだ。染み一つ無い白い肌を、触れるだけで官能に染め上げられるのも。

「…っ…、純皓…、…純皓…！」

興奮しきった息を吐き、光彬はさらなる愛撫をねだるかのようにひくつく肉粒をまさぐり始める。もう一方の手で、怒張した肉刀を夢中になって扱《しご》きながら。

……あいつに、見せ付けてやりたい。

再会を果たしたばかりの異母兄の優美な笑みが、快楽に塗り潰されつつある頭に浮かび上がる。純皓を貪《むさぼ》り、貪られる今の光彬を見れば、奪ってやるなどと口が裂けても言えなくなるだろうに。

「は…ぁっ、あ、あ…っ…」

ひっきりなしに喘ぎを漏らす光彬の手の動きは、だんだん大胆になっていく。熟した肉粒だけでは足りぬとばかりに純皓の胸を這い回り、早鐘《はやがね》のような心の臓の鼓動や、しっとりとなめらかな肌の感触を堪能《たんのう》する。

「……ぅ…」

すっかりはだけた小袖が純皓の肩からずり落ち、裸の胸板が露《あら》わになると、光彬はごくりと唾《つば》を飲んだ。充血し、ぷっくり膨《ふく》らんだ両の肉粒にかぶり付き、思う存分しゃぶるのは、光彬の…否、夫婦だけが知る毎夜の愛の儀式だ。こころゆくまで味わいたいと、欲望に燃える両目が訴えている。

純皓を求めるその目に、その舌に、応えてやりたいけれど――。

「……あ……っ？」

純皓の胸をまさぐっていた手を退《ど》かしてやれば、何故、と光彬は悲痛に顔を歪めた。抱き締めて慰めたい衝動を堪《こら》え、純皓はずり下がった袴《はかま》から光彬の片足を引き抜く。慣れた手付きで下帯を解《と》き、足袋《たび》を履いただけの片足を担《かつ》ぎ上げた。

「やめ…っ…」

何をされるのか察したのか、光彬は担がれた脚をばたつかせる。だが、皮肉にもその動きで絡まっていた下帯が解け、秘められた蕾《つぼみ》をさらけ出した。

「…光彬…、…は、ぁ…、あ……」

……俺のものだ。志満津の姫にも、あの男にも…他の誰にも渡さない……！

収まるべき鞘《さや》を目にしたとたん、言葉は綺麗さっぱり消え失せた。

少しでも早く、愛しい夫に自分の痕跡を刻み込む。誰にも奪われないように。それだけしか考えられなくなる。

「う…っあ、ぁあー……っ！」

濡れた切っ先をぬるぬると何度か滑らせ、一息に蕾を貫《つらぬ》いた。ほとんど慣らされていないそこはぎちぎちと軋《きし》みつつも健気《けなげ》にほころび、猛る肉刀を呑み込んでいく。

「す…、み、ひろ…、…っ、ぁ、あ……」

つらそうに歪んだ顔に紛《まぎ》れも無い歓喜を覚え、罪悪感を抱いたのはつかの間。締め上げてくるきつい肉鞘《にくざや》に、純皓は容赦《ようしゃ》無く腰を突き入れる。

「あ…、ぁっ、あ…んっ……」

情け所を抉《えぐ》り、媚肉《びにく》をこねくるように擦り上げてやるうちに、光彬の全身から強張りが抜けていった。なすすべも無く揺れていた脚を解放すれば、純皓の腰にするりと絡み付いてくる。

「…純皓…、…あ、ぁ……っ！」

上気《じょうき》した顔は悦楽に蕩《とろ》け、さっきまでの苦痛は微塵《みじん》も残っていない。もっと感じさせてやりたくて、純皓は光彬の肉茎を握り込んだ。

はち切れんばかりに充溢したそれは、根元から先端まで軽く扱いてやっただけでぽたぽたと随喜《ずいき》の涙を流す。

「は……っ、はぁ、はあ、は…っ…」

純皓の形に拡《ひろ》げられた隘路《あいろ》を突き上げるたび、獣めいた息が溢れる。

『八虹』の長として都の闇に浸っていた頃の自分が見たら、嘲笑せずにはいられないだろう。色事は相手を溺《おぼ》れさせるもの。自分が溺れるなど、闇に住まう者の風上にも置けないと。…でも。

……こんなものを見せられて、狂わない男なんて居るわけがない。

妻に押し倒され、太魔羅《ふとまら》をずっぽりと銜《くわ》え込まされて鳴かされる、凛々《りり》しく気高い若武者。小柄ながら鍛《きた》えられた上半身は小袖と羽織《はおり》を着けたままで、将軍の威厳を失ってはいないのに、下半身は袴を中途半端に脱がされ、男を受け容《い》れている…。

「…はぁ…、はっ…、光彬…、愛している……」

「純皓…、…ぁっ、あ、ぁぁっ…」

「愛しているから…、お前も俺を……っ」

——俺だけを愛してくれ。あの男にも志満津の姫にも…他の誰にも見向きもしないで、俺だけを見詰めてくれ。

声にならない叫びと共に、純皓は光彬の腰を両手で鷲摑《わしづか》みにし、猛り狂った肉刀を一気に突き入れた。純皓だけが許された最奥《さいおう》にたどり着くや、ぶるりと胴震いした切っ先は大量の精をほとばしらせる。

「あ…ぁ、ああ、……あっ……」

己もまた精を吐き出し、光彬は腰をびくんびくんと跳ねさせながら一滴残らず受け止めてくれる。紅く色付いた唇から紡《つむ》がれる嬌声ほど甘く純皓を酔わせるものなど、この世に存在しないだろう。

堪能《たんのう》出来るのは妻である自分だけだと思うと、治まったはずの欲望はたやすく鎌首《かまくび》をもたげる。いっそこのまま、足腰が立たなくなるまで…純皓の腕の中から起き上がれなくなるまで、抱き潰してしまいたい。

本能の強烈な誘惑にかろうじて打ち勝てたのは、こんな時でさえ澄んだ双眸《そうぼう》がじっと見上げてきたからだ。将軍として綺麗ごとだけでは済まない政《まつりごと》の世界に関わっても、純皓に毎夜愛されても輝きを失わぬ目に映されると、今さらながら己の醜さを思い知らされる。

半ば無理やり犯しておいて、何が『俺だけを愛してくれ』だ。

愚《おろ》かにもほどがある。しかもその前には麗皓にまんまとしてやられ、泣きながら詰《なじ》って…どんなに責められても文句は言えない。もしも嫌気がさした光彬に、お前のような妻など要《い》らないと突き放されたら――。

「……俺もだ、純皓」

おののく純皓の首筋に、小袖を纏《まと》ったままの腕が回された。くいと引き寄せられ、唇をそっと重ね合わされる。

「え……?」

「俺も、お前を愛している。…お前だけだ。身も心も絡め合い、独占したいと思うのは」

囁きは真摯《しんし》だからこそ、まるで理解出来なかった。自分は今、都合のいい夢でも見ているのだろうか。

だが、繋がったままの肉刀を柔らかく包んでくれる媚肉の熱さも、首筋に回された腕の力強さも本物だ。純皓は何度もしばたたき、まだ絶頂の余韻を留める光彬の頬に恐る恐る指を這わせる。

「…お前、自分が何を言っているのか、わかってるのか？」

「純皓……？」

「俺はお前に…、妻として絶対に許されないことを、してしまったのに…」

今度は光彬がぱちぱちとしばたたく番だった。乱れても艶やかさを失わない純皓の黒髪を梳きやり、背中に手を滑らせ、ぽんぽんと叩く。まるでしっかり者の兄が、しょげ返った弟を慰めるかのように。

「さっきと同じようなことを聞くのだな。…言ったはずだぞ。最初に傷付けたのは、俺の方だと。もう忘れてしまったのか？」

「いや、だがそれとこれとは別のことで…」

「同じことだ。そもそも俺が志満津の姫の一件を話しておけば、お前が心の隙を突かれることは無かったのだから」

悪いのは全てきっかけを作ってしまった自分だと断言する光彬が眩《まぶ》しかった。この大きすぎる器《うつわ》で、広すぎる度量で、光彬はいつだって純皓を救ってくれるのだ。

なのに自分は、と自己嫌悪に囚われそうになった純皓の耳朶《じだ》に、熱を孕《はら》んだ唇がそっと寄せられる。

「…それに…、……からな」

「…えっ…？」

「だから、…嫌ではなかったと言ったんだ。お前に、いつもと違う呼び方をされるのは…」

羞恥《しゅうち》に震える声は今にも消え入りそうだったけれど、聞き逃すわけがない。

真っ赤に染まった首筋を、純皓はそっと撫で上げる。胸を押し潰しかけていた重たいものが、淡雪のように消え去っていくのを感じながら。

「――あにうえ」

わざとゆっくり発音すれば、しとどに濡らされた媚肉がざわめき、光彬の言葉は嘘ではないと教えてくれる。

黒子《ほくろ》に彩《いろど》られた唇に、色悪《いろあく》めいたなまめかしい笑みが滲《にじ》んだ。咲あたりが居合わせたら、色気を垂れ流すのはやめてくれと叫んだだろう。

「…って、呼ばれるのが気に入ったのか？」

「な…っ、…す、純皓…」

未だ熱を帯びたままの媚肉をとんとんと切っ先で抉られ、光彬は赤面した顔を掌で覆う。これ以上いじめるのはさすがに可哀想になり、純皓はおもむろに腰を引いた。

太いものがずるずると這い出ていく感触に、小さく呻《うめ》く光彬の色香と言ったらまさに魔性だ。ここが対面所ではなく夜の褥だったら、間違い無く再び挑みかかっていただろう。

溢れ出た精に汚れた内股を手巾《しゅきん》で拭《ぬぐ》ってやり、下帯もしっかり締め直してやる。光彬は自分でやると言い張ったけれど、夫の身だしなみを整えるのは妻の役目だ。

……悔しいが、あの男に助けられたことになるのか。

光彬は笑って許してくれたが、もし麗皓を殺そうとしていたことまで露見《ろけん》していたら、今こんなふうに和《なご》やかに過ごしてはいられなかっただろう。そこまで見越した上で純皓から小刀を奪っていったのだとしたら――いや、そうに違いない。あの男の目にはいったい、何が見えているのか。

「…麗皓のことだが」

袴まで着付け終えると、光彬は純皓の不安を見透かしたように切り出した。理知的な顔は、将軍としての思慮深さを取り戻している。

「さっきも話した通り、佐津間藩にはすでに断りを入れてある。あちらからの返事はまだ来ないが、ここまできっぱりはねつけられて、なおも食い下がるような未練がましい真似はしないだろう。都の紫藤家にも、追って佐津間藩から説明の使者が遣わされるはずだ。側室の一件はこれで完全に終わったと、俺も幕閣も考えている。…だが、お前は違うのだな?」

「ああ。久しぶりに逢って思い出したが、兄上は…あの男は毒だ。無味無臭で、完全に回りきるまで飲んだことにすら気付かない。そして気付いた時には手遅れになっている。…さっきまでの俺のように」

「そこまでの男が、一度破談にされたくらいで諦めるはずがない…か」

難しそうな顔で唸《うな》る光彬に、純皓は正座した己の膝を叩いてみせた。光彬はごろりと畳を転がり、妻の膝に頭を乗せる。

「…それに、あの男を庇護してきたのは佐津間藩だ」

寝乱れた髷《まげ》を整えてやりながら告げれば、光彬の目はすっと細められた。

「佐津間藩が？　…妹姫を側室にねじ込みたい隆義に麗皓が己を売り込んだのではなく、もっと前からの繋がりがあったというのか？」

「武家伝奏一行が滞在中の寺院に、佐津間藩士の出入りがひんぱんに確認された。あの男自身も、佐津間藩との繋がりを認めている。佐津間の姫と紫藤家を取り持ったのは、間違い無くあの男だ」

「俺はてっきり、お前の父…右大臣が隆義に政略を仕掛けたものだと思っていたのだが。麗皓は父の意を受け、幕府との交渉役として遣わされたのかと…」

「あれにそんな器量は無い。嫡男の長兄同様、血筋と家柄だけで大臣に上り詰めた俗物だ。今回だって、あの男にそそのかされるがまま志満津の姫を受け容れたんだろう。そんな役立たずと、佐津間の藩主が手を結ぶわけがない」

断言する純皓に、光彬は苦笑するだけで異論は唱《とな》えなかった。

純皓の父の俗物ぶりは、光彬も御台所を迎える際にさんざん思い知らされたはずだ。輿入れするはずだった妹姫が男と逃げたのも隠し、幕府から支払われる支度金を吊り上げようと商人のようにしつこく粘ったと聞いている。

「隆義ならば確かにそうだろうな。たとえ太政大臣《だじょう》や摂政関白《せっしょうかんぱく》だろうと、無能な者は歯牙《しが》にもかけまい」

「…よく知っているな。志満津の藩主と親交があるのか？」

「親交というほどではないが、何度か話したことはある。目から鼻へ抜けるような、賢い男だった。そのくせ抜き身の刃《やいば》めいた目付きでずばずばと発言するものだから、小姓《こしょう》たちが何度か刀を抜きそうになったな」

さらりと言ってくれるが、将軍の身辺警護を担《にな》う小姓が刀を抜きかけるなど、めったに無い非常事態である。

「…武芸上覧を、中止に出来ないのか？」

無理を承知で問うたのは、武芸上覧には恵渡《えど》に在府中の諸大名も招かれると知っているからだ。

佐津間藩主の隆義は半年前に参勤交代で国元から恵渡に出て来ている。たとえ疑惑にまみれていようと、朝廷からの使者をもてなす催《もよお》しに西海道一の大大名を招かないわけにはいかない。隆義もまた、佐津間藩主の面目《めんぼく》を保つため、何があろうと参列するだろう。

そしてそこには、武家伝奏一行が…麗皓が同席するのだ。不吉な予感しかしない。

「残念だが、それは無理だ。今さら武芸上覧を中止すれば、侮《あなど》られたと感じた武家伝奏が都に引き上げる可能性がある。せっかく無難に保っている朝廷との関係が悪化しかねない」

光彬の返事は予想通りだった。新しい武家伝奏の廣橋《ひろはし》は名門を鼻にかけた高慢な男だそうだから、じゅうぶんにありうる話だ。

あるいはそういう性質の男だからこそ、武家伝奏に指名されるよう麗皓が朝廷に働きかけたのかもしれない。何があっても、武芸上覧を中止に出来ないように。

……どこまで先回りをされているのか。

純皓とて、手をこまねいていたわけではない。弥吉から話を聞き出し、麗皓の暗躍の可能性を悟ってすぐ『八虹』の配下を動かしている。彼らは純皓の期待に応え、麗皓と佐津間藩…隆義との繋がりを探り出してくれた。上々の成果だ。

にもかかわらず、麗皓は常に純皓の一歩先を進んでいる。このままでは、もしかしたら…。

「大丈夫だ、純皓」

光彬は手を伸ばし、かすかな寒気に襲われた純皓の頭を優しく撫でる。

「麗皓と隆義が手を組み、何を企《たくら》もうと、絶対にあやつらの好きにはさせん。お前の夫としても…将軍としても」

「…光彬…」

毅然《きぜん》と宣言する光彬がどこか遠くへ行ってしまうような錯覚に囚われ、純皓はとっさに羽織の肩を摑んだ。鍛えられた肩はがっしりと逞《たくま》しいのに、やけに儚《はかな》く感じてしまうのは何故なのだろう。いつかこの温《ぬく》もりが、永遠に失われてしまうかもしれないと感じるのは…。

「…ならば俺が、お前を支える」

降り積もる嫌な予感を振り切り、純皓はひたと光彬を見下ろした。

「麗皓からも隆義からも、俺がお前を守ってみせる。…だからお前も、俺を悲しませないための隠し事なんてもう絶対にしないでくれ。何も知らないままお前だけを苦しませることが、俺にとっては何よりもつらいんだから」

「……、……ありがとう、純皓。お前が居てくれれば、俺はどんな苦難にも立ち向かえる」

光彬は嬉しそうに微笑み、肩を摑んだままの純皓の手に己のそれを重ねた。

――ずいぶん後になって、純皓はこの時のことを思い出す。光彬が隠し事をしないと断言しなかったことに…その手がわずかに震えていたことに、何故気付かなかったのか。強い後悔と共に。

「――何を考えている？」

背後から抱きすくめる男が、耳朶をねっとりと舐めながら囁いた。

行灯《あんどん》が灯《とも》された薄闇の中、麗皓はひそやかな溜息を漏らす。これだからこの男の相手は嫌なのだ。ほんの少し心をよそに逸《そ》らすだけで察知するなんて、相変わらず獣じみた鋭敏な感覚の持ち主である。いっそ本物の狼《おおかみ》か熊《くま》にでも生まれてきた方が良かったのではないだろうか。

「…弟のことを、少々」

この男相手にごまかしは通用しない。正直に白状すれば、白絹の夜着の合わせから大きな手が入り込んできた。

「御台所か。そう言えば、今日御対面所に招かれていたのだったな」

「だから、わざわざおいでになったのでは？」

――こんな夜更けに供の一人も連れず、将軍家ゆかりの寺院まで。

言外の皮肉に気付かぬはずもないのに、ふん、と男はふてぶてしく笑う。

「白粉《おしろい》臭い女どもがひしめくだけの大奥など、怖れるに足りん。適当に金子《きんす》をばらまいてやれば、たいていの女は従おうからな。…お前の弟は、そうではなさそうだが」

「上様に惚れ抜いているそうですよ。あくまで側室を押し付けようとすれば、この私も容赦《ようしゃ》無く排除されるでしょう」

「ほお…、そこまでか」

素直な感嘆に滲む羨望《せんぼう》には、気付かないふりをしておいた。この男と自分は共に利用し、利用される間柄でしかない。

たとえ男が、それ以上のものを欲しているとしても。

「私が都を離れるまでは、利発ではあるものの、何かに執着するような子ではありませんでした。あの弟を骨抜きにするとは、上様は私たちの予想以上の器量をお持ちのようです」

「言われずともわかっておるわ。上様が八代将軍に就任してから、幕府の監視は先代の頃とは比べ物にならぬほど強化され、陽ノ本《ひのもと》各地に行き届いている。…おかげで、饒肥藩は切り捨てざるを得なくなった」

大損だ、と忌々《いまいま》しげに吐き捨てる男は、長きにわたるかどわかしによって人生を狂わされた人々の悲哀になど、一度も思いを馳《は》せたことは無いのだろう。この男にとって、自分以外の人間はみな先祖代々の野望を叶えるための道具でしかないのだ。そこに良心や人道《じんどう》は欠片も存在しない。

欲望と傲慢《ごうまん》の権化《ごんげ》。だからこそ麗皓はこの男を選んだ。男は男で、自分の方が選んだのだと信じているのだろうが…。

「切り捨てた…ですか。しかし幕府は、蜥蜴《とかげ》の尻尾《しっぽ》切りを許すつもりは無さそうですが」

「姫の側室入りを即座にはねつけて、ますます俺を追い詰めようと気炎《きえん》を吐いていような。…釣られているとも気付かずに」

武勇の誉《ほま》れ高いこの男の祖先は、寡兵《かへい》で大軍の油断を誘い、殲滅《せんめつ》する戦法を得意とした。三つに分けた部隊のうち、囮《おとり》となる部隊に正面から突撃させ、無様に退却させる。そうして追撃のために釣り出された大軍を、伏せておいた残り二つの部隊が左右から挟撃《きょうげき》するのだ。

自軍も多くの犠牲者を出しながら、敵軍を全滅させる。かの神君光嘉公《しんくんみつよし》すら窮地《きゅうち》に陥《おとしい》れたという戦法を、男は泰平《たいへい》の世で再現しようとしているのだ。そして生じるだろう戦乱の中でこそ、麗皓の宿願《しゅくがん》は達成される。

『どうか、私のことは忘れて下さい。…貴方《あなた》とあの子の幸せだけを願っています』

心優しかったあの人は、きっと今の麗皓を見れば嘆《なげ》き悲しむだろうけれど…。

「……椿《つばき》か。珍しいな」

ふいに手を休め、男は見事な咲き初《そ》めの八重椿《やえつばき》が活《い》けられた床《とこ》の間に目をやる。

この男は本当に獣並みの嗅覚《きゅうかく》を有しているのではないかと疑ってしまうのは、こんな時だ。

高鳴りそうになる胸を鎮め、麗皓は一回りは大柄な男にもたれかかる。

「姫君から頂いたのです。わざわざ町まで赴《おもむ》き、探して下さったそうで」

偽ったところで、どうせこの男にはすぐにばれてしまう。素直に白状すれば、くく、と男は喉奥で嗤《わら》った。

「箱入り娘が、ずいぶんと思い切ったものだ」

「…お怒りにならないのですか？」

「怒る必要がどこにある？　ただの囮に過ぎぬ娘に」

抱え込まれていた身体を、絹の褥に押し倒される。覆いかぶさってくる男の双眸は薄闇の中でも炯々《けいけい》と輝き、麗皓をまっすぐに射貫《いぬ》いた。

「お前もきっと、重々承知していようからな。この身体が誰のものか」

――愛しい貴方。たとえ誰に抱かれようと、私の心は貴方だけのものです。

欠片も似ていないはずの面影が重なったのは、一瞬のこと。疼く心をなまめかしい笑みで上手に覆い隠し、麗皓は筋肉が隆起《りゅうき》する男の背中に腕を回す。

「もちろん、忘れてなどおりませんよ。私にご助力下さる限り、我が身は貴方だけのものでございます……隆義様」

視界の隅で、八重椿の花びらが一枚、はらりと落ちた。


将軍の住まいでもある恵渡《えど》城本丸御殿《ほんまるごてん》の東には、本丸御殿がまるまる二つはすっぽりと収まるほど広大な庭園が広がっている。

吹上御庭《ふきあげおにわ》と呼ばれるその庭園は、もとは本丸御殿を火災から守るための火除《ひよ》け地でしかなかったが、光彬《みつあき》の祖父に当たる六代将軍が大がかりな普請《ふしん》を命じ、いくつもの池泉《ちせん》や花園を抱える壮麗な庭園に生まれ変わった。その後は将軍の代替わりごとに手が入れられ、将軍が相撲を上覧《じょうらん》する土俵《どひょう》や、気に入りの家臣たちと乗馬を楽しむための馬場など、様々な設備が整えられている。

真冬にしては珍しく晴れ渡ったその日、吹上御庭中央に広がる芝生を、裃《かみしも》で正装した男たちが埋《う》め尽くしていた。

まだ十代とおぼしき初々《ういうい》しい少年も居れば、働き盛りの青年、白髭《しろひげ》をたくわえた老人も居る。

彼らは皆、参勤交代《さんきんこうたい》で恵渡に在府《ざいふ》中の大名——国元では『殿様』と呼ばれる高貴な身分の武士たちだ。はるばる西の都から来訪した武家伝奏《てんそう》一行を饗応《きょうおう》するため、武芸上覧《ぶげいじょうらん》に招かれたのである。

武家伝奏一行の前で武芸を披露《ひろう》するのは、旗本《はたもと》や御家人《ごけにん》から選《え》りすぐられた武芸者たちだ。大名たちに出番は無いのだが、帝の使者と宴席を同じくする栄誉はそうそう巡ってくるものではない。

それに城内での儀式と違い、比較的自由な行動を許されたこの場では、有力大名との伝手《つて》を作ったり、大名しか知り得ない情報を得たりとやるべきことが多いのだ。特に数万石程《ご》度の小藩の大名は、この機を逃すものかとばかりに精力的に動き回る。

一方、恵渡周囲の要衝《ようしょう》を領地とする譜代《ふだい》大名たちは特等席に設《しつら》えられた緋毛氈《ひもうせん》に座《ざ》し、落ち着き払って将軍と主賓《しゅひん》の登場を待っている——わけではない。幕府が開かれる前から将軍家に仕《つか》える彼らは、寄ると触ると声を潜《ひそ》め、あちこちで噂話に興《きょう》じていた。

「……聞かれたか？　旧饒肥藩《じょうびはん》の件」

「もちろんだとも。…酷《ひど》いものよ。小藩とはいえ武勇を謳《うた》われた西海道《さいかいどう》の武将の末裔《まつえい》が、あそこまで堕落《だらく》していようとは…」

藩ぐるみのかどわかしが発覚し、取り潰された旧饒肥藩による被害状況は、今や恵渡在府中の大名のほとんどが知るところとなっていた。政《まつりごと》の世界で生き残るため、彼らは将軍や幕閣《ばっかく》に近い幕臣と縁故《えんこ》を有しており、その人脈から数多《あまた》の情報を得ているのだ。今回は旧饒肥藩の調査を主導する老中《ろうじゅう》、常盤主殿頭《ときわとのものかみ》が積極的に情報を流したことも手伝い、かなり詳細なところまで彼らの耳に届いた。

その結果、もともと将軍に強い忠誠心を持つ恵渡周辺の大名たちは、西海道の諸大名を心底軽蔑するに至った。かどわかしに関わったのが旧饒肥藩だけだと信じる者は、一人も居ない。かどわかしの規模はあまりに大きく、旧饒肥藩だけで二十年近く隠匿《いんとく》し続けることは不可能だからだ。

旧饒肥藩のみならず西海道全体を幕府直轄地《ちょっかつち》とすべし、という幕閣の意見は、今や将軍に忠誠を捧《ささ》げる大名たち全員の意見となっていた。それこそが常盤主殿頭の狙いであることは、言うまでもない。

むろん、西海道の諸大名がそんな気運をやすやすと受け容《い》れられるわけがないのだが、旧饒肥藩の罪を否定するのはもはや不可能だ。西海道の諸大名は、戦乱の世から複雑に血縁が絡み合っている。武芸上覧に招待された西海道の大名の中にも、首謀者として処刑された高西修理亮《たかにししゅりのすけ》の縁戚が少なからず存在するのだ。白い目で見られても反論も出来ず、ただ同じ西海道の大名同士で寄り集まるしかなかった。

誰もが居心地悪そうに縮こまる中、あてがわれた席で唯一傲然《ごうぜん》と顔を上げているのは、西海道諸大名の盟主とも言うべき男…佐津間《さつま》藩主、志満津隆義《しまづたかよし》である。朝廷から左近衛少将《さこんえのしょうしょう》の官位を授《さず》けられたため、公《おおやけ》には左近衛少将と呼ばれる男だ。

どれほどの大大名でも、恵渡城内に家臣を引き連れて入ることは許されない。そのため佐津間藩主といえども我が身一つで参加するしかないのだが、後ろ暗いところなど何も無いと言いたげに胸を張る姿は迫力と威厳に溢れていた。隆義の存在があるからこそ、西海道の諸大名はかろうじて刺々《とげとげ》しい空気にも耐えられるのだ。

尻を預けた将几《しょうぎ》が軋むほどの巨軀《きょく》には、一片の贅肉《ぜいにく》も付いていない。凶暴な熊《くま》を連想させるその肉体を構成するのは、厳しい鍛錬によって得た鋼《はがね》の筋肉だ。大名でも武術を苦手とする者が少なくない泰平《たいへい》の世においては異質な、尚武《しょうぶ》の気風を体現する姿は、三十歳という年齢にはそぐわぬ貫禄《かんろく》を備えている。

「――おいでになったぞ」

「あれが新たな武家伝奏か。ずいぶんと若いな…」

ざわめきの波をかき分け、冠直衣《かんむりのうし》姿の一行がしずしずと移動していく。

興味津々の大名たちの視線は、先頭を行く武家伝奏の廣橋《ひろはし》ではなく、その背後に従う貴公子に集中した。美貌を謳《うた》われる御台所《みだいどころ》の兄麗皓《つぐひろ》が補佐役として訪れたことは、すでに知れ渡っているのだ。ただ幕臣たちとの顔繫ぎに熱心な廣橋と違い、麗皓は滞在中の寺院からめったに出なかったので、ほとんどの大名は今日初めて麗皓の姿を目にする。

季節外れの桜花のような気品溢れる佇《たたず》まいに、大名たちはいっとき西海道諸藩に対する義憤《ぎふん》も忘れて見入ってしまった。檜扇《ひおうぎ》をかざした陰から麗皓が隆義に意味深長な眼差しを投げ、隆義が小さく頷いたことに、気付いた者は一人も居ない。

「上様、並びに御台所様の、おなーりー！」

廣橋と麗皓たちが貴賓《きひん》用の席についてしばらく経つと、奏者番《そうしゃばん》がよく通る声を朗々《ろうろう》と響かせた。大名たちは席次に従い、緋毛氈の上でいっせいにひざまずく。

野外の催《もよお》しゆえ平伏を免除されていたため、彼らは入来《にゅうらい》する将軍と御台所をその目で拝《はい》することが出来た。

まず最初に現れたのは、七條家《しちじょう》の紋《もん》、七本爪《づめ》の龍を織り込んだ青の直垂《ひたたれ》で正装した将軍である。若武者の凛々《りり》しさ、そして武家の棟梁《とうりょう》に相応《ふさわ》しい光り輝くばかりの威光《いこう》を兼ね備えた八代将軍光彬は、大名たちの感嘆の声を堂々と受け止める。

その周囲を固めるのは老中常盤主殿頭や側用人《そばようにん》の門脇《かどわき》を初め、幕政《ばくせい》に強い影響力を持つ重臣や、将軍の警護を務める小姓《こしょう》たちだ。美形揃いの彼らは饗応の席に花を添える役割も担《にな》っており、美々《びび》しく着飾った美少年や美青年に大名たちはもちろん、都人たる武家伝奏一行たちもおおいに目を楽しませているようである。

将軍とそうそうたる重臣たちが一段高い雛壇《ひなだん》に設けられた席に腰を下ろすと、男ばかりが集まる無骨な空間に春風駘蕩《しゅんぷうたいとう》たる花園が出現した。

華やかな打掛《うちかけ》を纏《まと》った、御台所の一行だ。

将軍が夏の暑さにも冬の寒さにも変わらぬ緑の葉を茂らせる橘《たちばな》の木なら、御台所の純皓《すみひろ》は百《ひゃっ》花《か》の王と謳《うた》われる大輪《たいりん》の牡丹《ぼたん》だ。将軍と揃いの青の絹地に瑞雲《ずいうん》や花束、七宝繋《しっぽうつな》ぎといっためでたい柄を散らした華やかな、だが御台所の威厳を失わぬ打掛を着こなした長身は間違い無く男のものなのに、引き連れた美女揃いの奥女中が雑草にしか見えぬほどの艶麗《えんれい》たる佳人《かじん》である。光彬が女子《おなご》の側室を娶《めと》らず、子を儲《もう》けないことを苦々しく思う大名たちすら、この御方が傍に居れば無理も無い、と認めざるを得なかった。

普段、大奥から出ることの無い御台所が諸大名の前に姿を現したのは、幕府に不満を抱きがちな朝廷を慰撫《いぶ》するためだ。将軍夫妻が打ち揃って武家伝奏一行を饗応することにより、朝廷に敬意を表《ひょう》したのである。狙いは的中したらしく、廣橋やその従者たちは白粉《おしろい》を塗った顔をにんまりと歪《ゆが》めていた。

純皓は打掛の裾《すそ》をふわりと広げ、将軍の左側に設けられた雛壇の一番上に座る。一対《つい》の雛人形のような光景に、あちこちで溜息が漏れた。

「――皆の者」

静かに呼びかける将軍の声が、場に満ちつつある熱気を急速に高めた。幕政に直接関わりの無い大名たちは、将軍の姿をじかに拝し、声を聞く機会になどめったに恵まれない。

「よく集まってくれた。泰平の世といえど、武士の本分は民を守るための武にある。今日は我が家臣の武勇をその目で確かめて欲しい」

「ははー……っ！」

感動しきった大名たちの応えが、鯨波《げいは》のごとく吹上御庭にとどろいた。

肝《きも》を潰された武家伝奏一行は、得意満面から一転、さあっと青ざめる。悠然と構えたままなのは、麗皓くらいだ。

公家《くげ》たちの鼻っ柱を適度にへし折ってやったところで、武芸上覧は始まった。

芝生の中央は平らに均《なら》され、土俵や馬場、矢場《やば》などが設えられている。まずは各藩や大身旗《たいしん》本家から送り出された力士たちが真新しい土俵で相撲を取った。古来より神事とされた相撲は武芸上覧の幕を上げるに相応しく、人気力士たちがぶつかり合う勇壮な光景に大名たちはもちろん、武家伝奏一行もおおいに沸く。

じゅうぶんに場の空気が温まると、いよいよ武芸自慢の幕臣たちによる御前《ごぜん》試合だ。この日のために腕に磨《みが》きをかけてきた猛者《もさ》が、刀はもちろん、柔術《じゅうじゅつ》、薙刀《なぎなた》、槍《やり》、小太刀《こだち》などの様々な得物《えもの》で仕合《しあ》う。流派も得物も違う武者たちの、いわば異種格闘戦だ。

御前試合にあるまじき変則的な戦いだが、これが大名や武家伝奏のみならず、奥女中たちにも非常に受けたのだ。

徒手空拳《としゅくうけん》で戦う柔術家が、圧倒的不利をくつがえし、槍使いを地に沈める。かと思えば、豪剣遣いの誉《ほま》れ高い剣士が前評判通りの力強い剣で二刀流の遣い手を倒し、接戦の末薙刀遣いに敗《やぶ》れる。

先の読めない手に汗握る展開が、大奥という変化に乏《とぼ》しい世界に閉じ込められた女たちの血をも滾《たぎ》らせるのだろうか。…単純に、凛々しく逞《たくま》しい男たちに心を鷲掴《わしづか》みにされているだけかもしれないが。

——ううむ、皆、盛り上がっておるのう。

光彬の横に浮かんだ鬼讐丸《きしゅうまる》が、胡坐《あぐら》をかいたまま唸《うな》った。入場してきた時からずっと傍に居るのだが、その姿は光彬にしか見えないため、騒ぎにはなっていない。

——頼む、あるじさま。今日はわれを連れて行ってくれ。

鬼讐丸がそう頼み込んできたのは今朝のことだ。将軍として威儀《いぎ》を正す時は七條家伝来の宝刀、金龍王丸《きんりゅうおうまる》を差すのが通例なのだが、今日は己を差して行って欲しいという。

迷った末に頷いたのは、先日の一件が頭にあったからだ。久方ぶりに町へ下りて城に戻った直後、鬼讐丸は何か告げようとしていたのに、志満津の姫の急報が入ったせいで聞きそびれていた。

何を告げたかったのか、その夜改めて教えられたのだ。…郁《いく》と連れ立って八重椿《やえつばき》寺を訪れる間、玉兎《ぎょくと》の気配を感じたのだと。

——一瞬のことであったし、ごくかすかにじゃったから、われの気のせいやもしれぬ。恵渡ほど繁華な町には、祭られておる神仏も数多居るしのう。…じゃが、あの身の内を逆撫でするような気配は、あれじゃったと思えてならぬ。

新入りの小姓に乗り移った玉兎の接近を許して以来、鬼訾丸は今度こそ光彬を玉兎から守らんと使命感に燃えている。玉兎があれからも野望を達成するため暗躍し続けているのだとすれば、諸大名や武家伝奏一行が一堂に会する武芸上覧で何か仕掛けてくる可能性は高い。

玉兎が居《お》らずとも、志満津隆義という火のついた爆弾のような男が参列するのだ。幕閣は神経を尖らせ、小姓たちにいたっては今日のために鉄砲を用いての戦闘訓練までこなしている。

隆義もたった一人で将軍暗殺を試《こころ》みるほど愚《おろ》かではないだろうが、妹姫の側室入りを一考にも値《あたい》しないとはねつけられ、恨みを募《つの》らせたはず。少しでも不審な挙動を見せれば、美麗な小姓たちはたちまち戦士と化し、牙《きば》を剝《む》くだろう。

――それで、まだ見ておるのか？

視線を前に据《す》えたまま心の中から問えば、掌《てのひら》で庇《ひさし》を作った鬼訾丸は呆れたように頷いた。人ならざる剣精《けんせい》ならそんな真似をせずとも吹上御庭を一望出来るはずだが、人と交わり始めた影響なのか、どんどん仕草が人間じみていっている。

――うむ、見ておるな。さすがに周囲の者どもも諫《いさ》めだしたが、お構い無しじゃ。

さっきからじりじりと焼けるような眼差しが突き刺さってくるからそうだろうとは思ったが、やはり隆義は壇上の光彬を見詰め続けているようだ。目と鼻の先でくり広げられる熱戦に一瞥《いちべつ》もくれず、光彬だけを凝視《ぎょうし》している。

あまりにあからさまなので、周囲を固める小姓たちは殺気を帯び、主殿頭や他の老中も眉を顰《ひそ》める始末だ。盟友《めいゆう》であるはずの西海道の大名たちの声すら、今の隆義には届かないらしい。

——それにしても、あの佐津間の藩主…臭《くさ》いのう。

鬼讐丸は小鼻に皺《しわ》を寄せ、水干《すいかん》の袖《そで》で覆った。

——臭い？

——我欲《がよく》と色欲《しきよく》と獣欲《じゅうよく》…あらゆる欲望がごちゃ混ぜになり、腐食《ふしょく》してぷんぷんと臭《にお》っておる。どんなに清廉潔白《せいれんけっぱく》な人間でも、長くあの者の傍に在《あ》れば共に腐りゆくじゃろう。あるじさまとは正反対じゃ。

まさに欲望の権化じゃな、と鬼讐丸は汚らわしそうに吐き捨てる。もとは数多の人々を呪い殺した妖刀《ようとう》のくせに、負の感情が苦手なのだろうかと思ったら、そうではないようだ。

——あんなに臭い男が居《お》ったら、あれの気配までかき消されてしまうではないか。

鬼讐丸があれと言ったら、玉兎のことである。仮にも神と呼ばれるモノの気配をかき消すほどの欲望の臭いなど、そうそう染み付くものではないだろう。

……やはり隆義は、旧饒肥藩のかどわかしに関わっている。だから妹姫を俺に差し出そうとした。紫藤《しとう》家の養女に入れてまで……。

側室入りの申し出を断って以降、隆義からは未だに何の音沙汰も無い。さすがに諦めたのだろうと幕閣は決め付けているが、この有様では、素直に引き下がるとはとうてい思えない。

試合に見入る純皓をそっと見遣れば、気付いた妻は振り返り、柔らかく微笑んでくれた。将軍夫妻の仲睦《むつ》まじさに、ささくれ立っていた空気がほんの少しだけ和《やわ》らぐが、光彬の不安は消えない。

冷静沈着な純皓が、麗皓が関わると我を忘れてしまう。その事実に、純皓はひどく打ちのめされていた。敵となった異母兄とこんな形で再会し、心穏やかでいられるはずもない。

欠席すべきだと何度も勧めたが、純皓はとうとう聞き入れてくれなかった。隆義と麗皓の陰謀から光彬を守ってくれるつもりなのか、それとも……。

「おおおおおっ……！」

考え込みそうになった時、地鳴りのようなどよめきが鼓膜を揺らした。

広馬場で駿馬《しゅんめ》を駆り、馬上から的を射ていた射手《しゃしゅ》が、最後の的を外してしまったのだ。あと一つ命中させれば皆中《かいちゅう》となり、将軍直々《じきじき》にお褒めの言葉を賜《たまわ》れるはずだったのに。

馬を全力疾走させながら木製の的を弓で狙う流鏑馬《やぶさめ》は、武芸の花形とも言えるが、修《おさ》めている者はわずかである。高い馬術と弓術の腕前はもちろん、揺れる馬上から正確に弓を射る技術まで要求されるのだ。加えて今日は帝の使者と将軍夫妻の御前である。いかな名人も、精神的な負荷には耐え切れなかったらしい。

新たな射手たちが次々と挑《いど》んでいったが、全ての的を射貫《いぬ》ける者は一人も現れなかった。歓声が溜め息に変わりゆく中、すっくと立ち上がったのは——隆義だ。

「何とも不甲斐《ふがい》無いものよ。弓一つまともに射られないとは、幕臣は腑抜《ふぬ》け揃いか」

「左近衛少将様っ…」

「お、おやめなされ！」

泡を喰った西海道の大名たちが必死に止めにかかるが、爛々《らんらん》と光る目で睨まれるや、無様に尻餅《しりもち》をついた。鼻先で嗤《わら》い、隆義は分厚《ぶあつ》い胸を張る。侮辱《ぶじょく》され、殺気立つ幕臣たちの憤怒《ふんぬ》をはね飛ばすように。

「我が佐津間は武辺《ぶへん》の国。この私なら、的がいくつあろうと命中させてみせるものを」

「…なっ…、何と不遜《ふそん》な…」

「かどわかしに手を貸していたくせに、偉そうに何をほざくか…！」

動揺と怒りはみるまに大名たちにまで飛び火し、歓声に沸いていたはずの空気は一気に張り詰めた。荒事《あらごと》に不慣れな廣橋は腰を抜かさんばかりに青ざめ、逃げ出そうとするのを麗皓や従者たちが懸命になだめている。

「——控えよ、左近衛少将。上様にお招き頂いた身でありながらその物言い、無礼千万《せんばん》であるぞ」

光彬の一段下に座《ざ》した門脇が重々しく警告した。

こうなってしまっては、事態を収拾出来るのはもはや幕閣の重臣だけだ。将軍の乳兄弟《ちきょうだい》であり側用人でもある門脇なら、大藩《たいはん》の藩主とも対等に渡り合える。

熊面と鬼瓦面《おにがわらづら》で、迫力においても負けていない。純皓の傍《かたわ》らに控える咲《さき》がぐっと拳《こぶし》を握り締め、ひそかに熱い眼差しを送る。

「はて、御側用人様。私は礼を失した振る舞いをした覚えなどございませぬが」

「何……？」

「畏《おそ》れ多くも、上様はおっしゃいました。武士の本分は民を守るための武にある、と。上様の直臣《じきしん》が戦場でもないのに的を外してばかりでは、命の懸かった戦となった時、上様をお守り出来るかどうか。この左近衛少将、不安を覚えずにはいられませぬ。ゆえに苦言《くげん》を呈しておるのでございまする」

傲岸不遜《ごうがんふそん》な口調が苦言を呈しているとは、誰も思わないだろう。なのに大名たちから反論の声が上がらないのは、隆義の言葉が決して的外れではないからだ。

都の使者と将軍夫妻の御前で馬を駆る栄誉に与《あずか》ったのに、平常心を保てなかった。確かにそれは、不甲斐無いと責められても仕方が無い。相手が武辺をもって鳴る佐津間の藩主であれば、尚更である。

「……如何《いかが》でござろう。この左近衛少将もまた、上様の臣。ならば不甲斐無き者どもの代わりに、武士の何たるかを身をもって示しとうございまするが」

「…まさか、貴殿《きでん》自身が流鏑馬に挑むと申されるか？」

「左様《さよう》にござる」

隆義が即答するや、吹上御庭にどよめきが走った。右往左往していた西海道の大名たちは愕《がく》然《ぜん》とし、正気を保つのに必死の有様である。

当たり前だ。武芸上覧に大名が飛び入り参加するだけでも掟破《おきてやぶ》りなのに、今の隆義は旧饒肥藩の一件への関与を疑われる身。妹姫の側室入りを拒《こば》まれたことも知れ渡りつつある。そんな疑惑の塊《かたまり》のごとき男が将軍の前で武器を取れば、謀反《むほん》を疑って下さいと言っているも同然ではないか。

……あの男、何を企《たくら》んでいる……？

今にも隆義に天誅《てんちゅう》を下さんと意気込む小姓たちを眼差しでなだめながら、光彬は眉を寄せた。あんな真似をすれば己を更なる窮地に追いやるくらい、隆義とて承知しているはずだ。自暴自棄になったのでも、本気で光彬の暗殺を狙っているのでもないだろう。隆義からは一切殺気を感じない。感じるのは…。

——欲望じゃ。

また臭くなった、と鬼讐丸は小さな鼻をつまんだ。

——あの者、あるじさまと競いとうて競いとうてたまらぬようじゃ。身の内で、さっきから血潮《ちしお》を滾らせておる。

——俺と……？

小さく目を瞠《みは》る光彬に、鬼讐丸は隆義を睨み付けながら頷いた。

――今、あの者の心の中はあるじさまへの対抗心でいっぱいじゃ。それ、そろそろ仕掛けてくるぞ。

光彬にしか聞こえない鬼讐丸の予言が届いたかのように、隆義は声を張り上げる。ぎらつく双眸を、ひたと光彬に据えて。

「そして――上様。叶うならば武家の棟梁としてこの左近衛少将と競い、共に武士の何たるかを示して頂きとうござる」

「……控えよ、左近衛少将！　貴様、その歳で耄碌《もうろく》したか⁉」

鬼の形相《ぎょうそう》と化した門脇が、とうとう憤怒《ふんぬ》の雷を落とした。

絶大な権力を持つ側用人といえど、石高《こくだか》でも官位でも隆義に遠く及ばない。諸大名の前で面罵《めんば》するなど本来は許されないのだが、誰もたしなめようとはしなかった。鯉口《こいくち》を切りかけた小姓たちは隆義が少しでも近付けばいっせいに突撃するだろうし、氷の如《ごと》き怒りをたたえた主殿頭たち重臣は、ここで隆義が殺されようと綺麗さっぱり揉《も》み消してみせるだろう。

「失礼ながら、御側用人様。私は貴殿にお尋ねしているのではございませぬ」

常人ならばとうに失神していてもおかしくない殺気と憎悪を浴び、平然と言い放てる隆義は、間違い無く神君光嘉公《しんくんみつよし》を追い詰めた武将の末裔だ。怯《ひる》むことを知らないぎらついた眼差しが、鋭い矢となって光彬を射る。

「上様、貴方様にお尋ねしておりまする。私と競うて下さるのか――それとも、一大名に尻尾《しっぽ》を巻いて逃げ出すのか」

「――――っ……！」

「やめよ、門脇。……皆の者も」

怒りの限界を超えた門脇が腰の刀に手をかけるのと、光彬が静かに制止するのは同時だった。あと少しでも遅かったら門脇は刀を抜き、抜刀《ばっとう》した小姓たちが雪崩《なだれ》を打って隆義に襲いかかっていただろう。

「良いだろう、左近衛少将。そなたの申し出、受けて立とう」

「――上様っ！」

悲鳴を上げたのは、門脇や小姓たちだけではなかった。

打掛が乱れるのも構わず膝立ちになり、見開いた目でこちらを見詰める愛しい妻に心配するなと頷いてから、光彬は隆義に向き直る。

「……今のお言葉、まことでございましょうや」

奇妙に静まり返った庭園に、歓喜に震える隆義の声が響いた。固唾《かたず》を呑む大名たちを見回し、光彬は断言する。

「武士に二言《にごん》は無い。そなたと騎射《きしゃ》にて競おうではないか。…むろん、大納言《だいなごん》が止めるのなら別だが」

武家伝奏をもてなすために催《もよお》した武芸上覧なのだから、当の武家伝奏の意向も一応は伺っておかなければならない。

貴賓席を見遣れば、廣橋は魂が抜けたように座り込んでしまっていた。一触即発の空気に、柔《やわ》な神経が耐え切れなかったようだ。

「…上様のもののふぶりをこの目で拝めるのは望外《ぼうがい》の幸せ、と大納言様は仰《おお》せでございます」

檜扇をかざした麗皓が、そつ無く答えた。鷹揚《おうよう》な微笑みには、恐怖も焦燥《しょうそう》も滲《にじ》んでいないように見える。

「ならば差し支《つか》えはあるまい。……彦之進《ひこのしん》、支度を」

隼人《はやと》は中奥《なかおく》の留守を守っているから、将軍の身の回りの世話は今日に限っては小姓たちの役目だ。光彬の命に、永井《ながい》彦之進はぐっと唇を引き結びつつも素直に従い、朋輩《ほうばい》たちを伴《ともな》って駆け出していく。

隆義もまた小姓の一人に付き添われ、支度のため一旦御殿に引き上げてしまうと、庭園は蜂《はち》の巣をつついたような騒ぎに包まれた。西海道の諸大名はがくりと項垂《うなだ》れ、もはや起き上がる気力も無いようだが、他の大名たちは大興奮だ。

将軍の武芸を間近に拝める機会など、普通は一生分の幸運を使い果たしても恵まれない。しかも相手があの志満津隆義…神君光嘉公の命を脅《おびや》かした武将の末裔とくれば、血沸き肉躍《おど》るのも当然である。

「…上様、どうかお考え直しを！」

「御側用人様の仰《おお》せの通りにございまする。あの左近衛少将が、もしも不遜《ふそん》な企みを抱いていたら…！」

血相《けっそう》を変えた門脇に、老中たちまでもが同調する。たった一人いつもの冷静さを保つ主殿頭が、小さく頷いた。

何があろうと助勢《じょせい》する。声にならない励《はげ》ましを頼もしく思いながら、光彬は忠義篤《あつ》い臣下たちに爽《さわ》やかに笑いかけた。

「大納言は余《よ》の武芸を楽しみにしてくれているようだ。左近衛少将が相手であれば、良い余興となるだろう」

「上様…っ…」

隆義の挑戦など余興に過ぎない、と言い切る主君に、門脇たちはさっきまでの怒りも忘れて感動に打ち震える。

……すまん、小兵衛《こへえ》。

光彬は心の中で詫《わ》びた。将軍としては、隆義の挑発など捨て置くべきだったのだ。敢えて受けて立ったのは、祖父譲りの直感が閃《ひらめ》いたせいだ。隆義が心の奥底にどんな野望を思い描いているのか…それを理解するには、実際に組み合ってみるしかないと。多少の危険は承知の上である。

――大丈夫じゃ、あるじさま。われが付いておるぞ！

鼻をつまんだままの剣精が、小さな拳をどんっと胸に打ち付けた。

彦之進たちの指揮により、馬場は速《すみ》やかに整えられた。

流鏑馬の流儀は地域によって様々だが、恵渡では百二十間《けん》（約二百二十メートル）の直線距離に円形の的《まと》が三つ設置される。射手は馬を疾駆《しっく》させながら、一尺四寸（約五十センチ）四方の的を連続して射貫くのだ。

武士道を弓馬《きゅうば》の道とも呼ぶように、弓と馬の扱いに長《た》けてこそ一人前の武士と認められる。どちらも極めた者にしかこなせない流鏑馬は、まさに武士道を体現する武術であった。

――オオオオオオオッ……。

支度を済ませた光彬が愛馬に乗って現れるや、吹上御庭は今日一番の歓呼で揺れた。

纏《まと》うのは青の鎧直垂《よろいひたたれ》。戦乱の世において、武将が鎧の下に着用したものだ。通常の直垂と違い、袖口《そでぐち》と袴《はかま》の裾を組紐《くみひも》で括《くく》り、動きを阻害しない造りになっている。左の肩から手首を錦の射小手《いごて》で守り、腰には鹿の毛皮を巻き、赤い飾り紐を垂らした綾藺笠《あやいがさ》をかぶったいにしえの狩《かり》装束《しょうぞく》は、若い将軍の凛々しさと精悍《せいかん》さをこれ以上無いほど引き出していた。

光彬のまたがる愛馬もまた、目の肥えた大名たちを唸《うな》らせた。将軍が与えた雪華《せっか》という名に相応《ふさわ》しい純白の馬体の美しさもさることながら、これだけ衆目《しゅうもく》が集まっているにもかかわらず落ち着き払い、まるでいななかない聡明さは主人に惚れ抜き、心の底から信頼している証《あかし》である。

「お待ち申し上げておりました、上様」

待ち受けていた隆義が馬上で恭《うやうや》しく一礼する。

こちらも光彬と同じく狩装束だ。鎧直垂は赤、騎乗するのは黒馬。光彬と対照的な色彩を纏い、貸し与えられたばかりの馬を悠然と乗りこなすその姿は、西海道の雄《ゆう》らしい勇壮さと覇気《はき》を備えている。

「うむ。…それで、どちらから参る？」

「まずは私めから。佐津間の武勇、上様にしかとご覧に入れまする」

隆義はにやりと笑い、馬首《ばしゅ》を返した。

左手には弓を握っているため、手綱《たづな》は右手だけで操るしかないのだが、黒馬は隆義の指示におとなしく従っている。将軍家の厩舎《きゅうしゃ》でも特に気性が荒く、下手な乗り手は振り落としてしまう暴れ馬なのに。

小姓たちもその技量だけは認めざるを得ないのか、複雑そうな顔付きで三つの的へ散っていった。彼らは放たれた矢が的に当たったかどうか見届ける役だが、もう一つ重要な務めを負っている。

「…いよいよだぞ…」

「うぅむ、まさか志満津と上様の対戦を拝む日が来ようとは…」

「——これではまるで、天下分け目の戦いの再現ではないか…」

ざわめく大名たちは、立ち会い役の門脇がぎろりと睨み付けるや、ばつがわるそうに口を閉ざす。

天下分け目の決戦では、神君光嘉公は最終的に勝利を治めたものの、敵対していた志満津軍の突撃により命を落としかけた。そのため佐津間藩は今でも『戦には負けたが、将軍には負けていない』などと豪語し、幕府を苛立たせているのだ。

「では、……始めませいっ！」

好奇と期待と不安が渦巻《うずま》く中、門脇は合図の声を響かせた。

「はぁっ！」

掛け声と共に隆義が黒馬を走らせるや、ほお…っ、と大名たちは溜息を漏らした。

すでに一の矢を番《つが》えた隆義は、手綱を放し、鐙《あぶみ》にかけた足で立ち上がっている。不安定極まりないその体勢で暴れ馬を完全に御《ぎょ》しているのだ。さすがは西海道一の勇者よと、感嘆せずにはいられまい。

放たれた矢は燃え上がりつつある空気を切り裂き、最初の的に深々と突き刺さる。

「…一の矢、的中！」

見届け役の小姓が高らかに告げると、どよめきが上がった。大名たちとて武士だ。強い相手に憧れる。どれだけ嫌悪を抱いていようと、純粋な強さを見せ付けられれば圧倒され、魅了されてしまう。

——空気が、変わり始めた……。

光彬の横に浮かぶ鬼讐丸が呟いた直後、隆義は背中の矢筒《やづつ》から矢を引き抜き、素早く番えて放つ。

難無くやったように見えるが、鐙だけで身体を支え、馬を駆けさせているのだ。並の射手なら均衡《きんこう》を崩し、無惨《むざん》に落馬するところである。

「に…、二の矢、的中！」

わあああああっ、と歓声がこだました。そう、悲鳴ではなく歓声だ。旧饒肥藩や光彬に対する傲慢《ごうまん》な振る舞いに眉を顰《ひそ》めていたはずの大名たちが、隆義の見事な腕前に心を揺さぶられているのである。

いや、大名だけではない。すっかり腑抜けていたはずの廣橋は息を吹き返し、前のめりになって隆義に声援を送っている。その傍らに座した麗皓に、隆義が一瞬眼差しを投げたように見えたのは、光彬だけだったのだろうか。

「三の矢…、的中っ！」

そして最後の矢が的の中央に命中すると、大名や廣橋たちは緋毛氈の上に立ち上がり、惜しみ無い喝采《かっさい》を送った。

馬を返す隆義に向けられる眼差しは、さっきまでよりもだいぶ和《やわ》らいでいる。西海道諸藩に対する疑惑を払拭《ふっしょく》するには及ばずとも、志満津隆義という男の認識を改めた者は多いだろう。ただの身の程知らずの野心家ではない。少なくとも武勇においては将軍と同等…かつて将軍を追い詰めた男の末裔なのだと。

——あの者、これが狙いだったのじゃな。

歯噛みする鬼讐丸は、もう鼻をつまんではいなかった。

——ああ、たいしたものだな。

光彬は手綱の具合を確かめながら、大歓声にも全く動揺しない愛馬を撫でてやる。軽蔑で凝《こ》り固まっていた大名たちの心を、隆義は三本の矢で文字通り射貫いたのだ。西海道を幕府直轄地にすべし、と幕府が声高《こわだか》に唱《とな》えれば、彼らはきっと反対はしない。幕府の要請に従い、兵も出すだろう。だが心のどこかに迷いを抱くに違いない。隆義を…佐津間藩を誅《ちゅう》するのは、本当に正しいのかと。

幕府と諸大名にわずかながらも間隙《かんげき》を生じさせる。そうすれば幕府との戦にも勝つ目はあると、隆義は信じているのだろう。

…だが、隆義の狙いはそれだけではない。もっと大きな目的が潜んでいる…。

——素直に感心している場合ではないぞ、あるじさま。今、場の空気は完全にあの者に摑まれてしまった。あるじさまといえど、塗り替えるのは容易ではあるまいに。

鬼讐丸が珍しく顰《しか》め面《つら》で警告するのももっともだ。周囲のほとんどが己を非難する刺々しい空気も、すさまじい重圧もものともせず隆義は三つの的を全て射貫いてみせた。これで光彬が一枚でも的を外せば、将軍の権威は失墜《しっつい》し、諸大名の心はたちまち離れていくだろう。

――大丈夫だ。俺には、頼もしい味方が居てくれるからな。

光彬は奥女中たちが集まる一角に目を向けた。

女たちが将軍を案じて青い顔をする中、雛壇の頂《いただき》に座した愛しい妻はただ一人動じず、かざした扇子の陰で微笑んでくれる。御台所然とした威厳溢れる笑みではなく、光彬にしか見せない『八虹《やこう》』の長《おさ》らしい不敵なそれは、純皓が光彬の勝利を信じて疑わない証拠だ。光彬が何のために隆義の申し出を受けて立ったのか、あの男だけは理解してくれている。

「素晴らしい…、素晴らしい武者ぶりであったぞ…！」

感激した廣橋が従者の制止を振り切り、安全のために設置された埒《らち》から身を乗り出した。馬を返した隆義が常足《なみあし》で馬を寄せると、廣橋は纏《まと》っていた直衣を脱ぎ、隆義に差し出す。

大名たちがざわついたのも無理は無い。古来より、貴人《きじん》が気に入りの従者や武士に己の衣を脱いで与え、庇護を申し出ることを御衣《おんぞ》脱ぎという。廣橋は諸大名や将軍の前で、隆義の味方に付くと宣言したも同然なのだ。年若く未熟な廣橋にそこまでの意志が無かったとしても、周囲にそう見られるのは避けられない。

「――ありがたく」

男くさく笑い、隆義は廣橋の直衣を受け取った。

片手だけで器用に手綱をさばき、馬場の外に出ると、馬丁《ばてい》に馬を預けて埒のすぐ向こうの席にどっかと腰を下ろす。馬場を間近で一望出来る特等席は、光彬が小姓たちに命じ、急いでしつらえさせたものだ。

「…あ…っ、あれは？」

目敏《めざと》い大名の一人が、驚きの声を上げた。隆義に射られた的を片付けた小姓たちが、今度はもっと小さな的を設置していくのだ。

その大きさはおよそ四寸（約十二センチ）四方で、隆義が射貫いた的の半分以下。それが地上すれすれの低い位置に置かれる。しかも三つの的のうち一つは射手から向かって右側だ。この的を射貫くには馬上で身体をひねり、馬の頭越しに矢を放つという超絶技術が必須となる。

もちろん、その際にも手綱は使えない。

「あ…、あれは流鏑馬ではない。小笠懸《こがさがけ》だ！」

「何と…、小笠懸⁉」

のけぞらんばかりの大名たちの驚愕は、隆義一色に染まりつつあった空気を一瞬で塗り替えた。ごく小さな的を用いた小笠懸は、流鏑馬よりはるかに高い身体能力を要求されることから、泰平の世では衰退《すいたい》し、今や技術を受け継ぐ者はほとんど居ないのだが…。

……まさか、ここでもお祖父様に助けられようとはな。

亡き祖父彦十郎《ひこじゅうろう》は、小笠懸の技術を受け継ぐ数少ない名手の一人であったのだ。武者修行の間に天狗《てんぐ》と出逢い、決闘に勝利したので教えてもらったのだと笑っていた。嘘かまことか確かめるすべは無いが、彦十郎に叩き込まれた技術は今も光彬に息づいている。

「信じられぬ…、これは現《うつつ》の出来事なのか？」

「上様が…、我らの上様が、小笠懸を…」

「しかとこの目で拝み…、子々孫々まで語り継がねば…」

大名たちは熱に浮かされたようにふらふらと立ち上がり、少しでも近くで将軍を拝まんと埒を摑んだ。

幕臣たちまでもが馬場に熱い視線を注ぐ有様では、誰も制止する者は居ない。沸々《ふつふつ》と高まりゆく熱気が大蛇《たいじゃ》のごとくとぐろを巻き、庭園を満たしていく。

「…な、何なのだ。何が起きているというのだ」

武芸と無縁の廣橋はおろおろと戸惑っていたが、麗皓になだめられ、落ち着かぬ様子で座り直した。その異母兄を壇上から見下ろした純皓が、優雅に扇子を下ろす。露《あら》わになった御台所の麗《うるわ》しいかんばせに、周囲からは次々と溜息が漏れた。

――『勝て』。

紅い唇が紡《つむ》いだ短い激励は、やまぬ歓声の中でもしっかり光彬の耳に届いた。光彬は右の拳《こぶし》を突き上げて応《こた》え、駆け寄ってきた彦之進から受け取った烏帽子《えぼし》をかぶる。脱いだ綾藺笠は馬場の右側に設置された二の的に据え付けられた。かつての武士たちが己のかぶっていた笠を的代わりにしたことから、小笠懸と呼ばれるようになったのだ。

雪華に指示を出し、馬場の入り口に移動する。隆義の座した方角から刃《やいば》めいた気迫がぶつかってくるが、光彬の心にはさざ波一つ立たなかった。湖面のごとく澄んだ主人の心を読んだのか、雪華も取り乱さない。悠然と歩を進める姿は、己が武家の棟梁の愛馬であることを理解し、誇る女王のようだ。

「――始めませいっ！」

感動に目を潤《うる》ませた門脇が号令した瞬間、雪華は大地を蹴《け》った。ほんの数歩で最高速度に達する脚は名馬の証だ。

まずは最初の的。流鏑馬の的より数段低い位置にある的を正確に射貫くには足腰だけで下半身を支え、疾走する馬から身を乗り出さなければならない。

少しでも均衡を崩せば落馬し、最悪命を落とすことになる。大名たちの息を呑む音が、高い弦音《つるおと》に重なる。

……ぱぁんっ！

放たれた矢は小さな土器《かわらけ》の的に命中し、小気味よい音をたてて割った。

「一の矢、命中！」

うおおおおお、と歓声がとどろいたのはつかの間。すぐに人々は緊張に口を閉ざす。次の二の的こそが最大の難関だと、少しでも武芸をたしなむ者ならわかるからだ。

左手に握った弓で進行方向の右側にある的を割るには、弓を馬上で取り回し、馬の首越しに射なければならない。均衡を崩せば落馬、手元が狂えば愛馬をその手で射貫いてしまう。恐怖にかられた馬が暴れ、振り落とされるかもしれない。

……何も考えるなと、お祖父様はおっしゃっていたな。

ああなるかもしれない、こうなるかもしれないと頭で考えるから身体も引きずられる。ならば今だけ心をからっぽにすればいい。あとは身体と、馬がどうにかしてくれると。

一の的から二の的までは四十間（約七十五メートル）足らず。雪華の俊足《しゅんそく》ならほんの数拍もかからず駆け抜けてしまえる距離が、今の光彬にはひどく長く感じられた。

周囲の声援も大名たちも、睨み付けてくる隆義の姿すら視界から締め出される。目の前にあるのは馬場と雪華、そして二の的だけ。掌に乗るほど小さいはずのそれが、何故か大きく見えた。弓を引き始めたばかりの幼子《おさなご》でもたやすく狙えそうなほど、大きく。

主人が射やすいよう上下の動きを抑え、地面と水平に滑るかのように駆けていた雪華が、合図も無しにすっと馬首を下げた。

疾風が頰を打つ。

光彬は身体の向きを入れ替え、ひねりながら弓を番えた。…大丈夫、的は大きい。外しようがない。遠い昔、祖父に手を添えられ、弦を引き絞った感覚がよみがえる。

『そうだ、呼吸を整えて。弦に心を乗せて、それから…』

……放てっ！

祖父の声に従い、放った矢は二の的の中心を打ち貫いた。

ぱんっと土器が割れる高い音は、すぐさま嵐のような喚声《かんせい》にかき消される。景色が、音が戻ってくる。的に据えられていた綾藺笠が宙を舞う。

「二の矢、命中！」

「な…ん、だと…っ…？」

埒前の席を蹴倒《けたお》す勢いで立ち上がり、拳をきつく握り締める隆義の姿がはっきりと見て取れた。演技ではない素の驚きを浮かべる麗皓も、……誇らしげに笑う純皓も。

だが、的はあと一つ残っている。光彬は緩みかけた気を引き締め、三本目の矢を番えた。雪華は純白の馬体を躍動させ、ぐんっと加速する。鞭《むち》など使わずとも、この聡明な愛馬は主人の呼吸に完璧に合わせてくれるのだ。

「おお…っ、おお、おぉぉ……」

「上様、上様上様……！」

興奮しきった大名たちがひっきりなしに声を上げる。

自分が知らぬうちに浮かべていた爽やかな笑みのせいとは気付かぬまま、光彬は最後の矢を射た。…きっと命中する。外れる気がしないから。

「……三の矢、命中……っ！」

土器の的が粉々に割れるや、馴染みのある声が光彬の耳を打った。よくよく見れば、三の的の見届け役は彦之進だ。他の小姓が当たるはずだったのに、頼み込んで代わってもらったものらしい。

……心配させてしまったな。

小姓は将軍の親衛隊、将軍を守る最後の盾《たて》だ。危険人物の隆義と将軍がこんな形で競うことになり、胸を痛めさせてしまっただろう。大きな目をさらに大きく見開き、今にも泣きそうな彦之進に、光彬は大丈夫だと左胸を叩いてみせてやる。

「うぅ…っ、う、上様、…上様…っ…」

緊張の糸が切れたのか、泣き崩れる彦之進を、駆け寄ってきた朋輩《ほうばい》の小姓たちが支えてやる。だが彼らもまた感涙《かんるい》にむせんでいるので足元がおぼつかず、団子になってくずおれてしまうのだ。

将軍を守る精鋭中の精鋭の、ありえない失態。だが彼らを咎《とが》める者は居なかった。…そんなささいなことに目くじらをたてる余裕など、誰にも無かったのだ。

「――上様、上様、上様！」

それ以外の言葉を忘れてしまったかのように連呼し続ける者。緋毛氈にへたり込み、放心する者。何人かで寄り集まり、幼子のように興奮して将軍の勇姿を讃《たた》え合う者。幕府に反抗的な西海道の大名たちや廣橋までもが圧倒され、言葉も出ない。

奥女中たちもまた美しく化粧した顔をうっとりと蕩《とろ》かせ、いつもの慎《つつし》みも忘れてはしゃぎまくっている。純皓は、と妻の姿を探そうとした時、邪魔にならぬよう刀に戻っていた鬼讐丸がこつ然と出現した。

――あるじさま、あれの気配じゃ！

「…玉兎《ぎょくと》か⁉」

どこだと問う前に、鬼讐丸は空高く舞い上がった。一陣の風のように飛んでいく先は…奥女中たちの桟敷《さじき》だ。

「きゃあああああああー…っ！」

絹を裂くような悲鳴が上がるや、整然と並んでいた奥女中たちがさあっと脇に避《よ》けていった。ぽっかり空いた空間に立つのは、唐松《からまつ》模様の打掛を纏った若い奥女中だ。生真面目そうな顔は幽鬼《ゆうき》のようにぼんやりとして、瞳は焦点を結んでいない。その手に握られた抜き身の懐剣《かいけん》が陽光を反射し、ぎらりと光る。

「あ…、貴方、何をしているの…」

「誰か、誰か早《はよ》う助けて…っ！」

何人もが助けを求めるが、庭園は未《いま》だやまぬ歓声に支配され、奥女中たちには誰も注意を払ってはいない。警護の武士たちはさすがに気付いて駆け付けるが、桟敷に足を踏み入れようとしたとたん、次々と倒れてしまった。

「……殺す……」

乙女のものとは思えない低い呟きを漏らし、若い奥女中は打掛を脱ぎ去った。転んだ朋輩を蹴り飛ばし、御台所の座す雛壇にじりじりとにじり寄っていく。

恐怖にかられた奥女中たちは蜘蛛《くも》の子を散らすように逃げ出してしまい、残った者たちもうずくまったまま動けず、凶行に走った奥女中を阻《はば》む者は居ない。純皓その人と、傍に控える咲以外には。

——あるじさま、この娘じゃ！　この娘の中に、あれが、……っ⁉

若い奥女中に力を振るおうとした鬼讐丸の姿が二重にぶれたかと思えば、ふっと消え失せてしまった。ぶるり、と腰の刀…鬼讐丸の本体が震える。刀の中に戻ったのか、まさかとは思うが消滅してしまったのか。確かめる暇は無い。

「おい、あれは…」

「奥女中が…御台所様を⁉」

ようやく興奮から醒《さ》めた大名たちが、いっせいに雛壇へと視線を集中させたのだ。

……まずい！

織之助《おりのすけ》がそうだったように、あの若い奥女中は玉兎に乗り移られ、身体を操られているに違いない。警護の武士たちが倒れたのも、玉兎の仕業《しわざ》だろう。

ろくに戦ったことも無い奥女中相手に、純皓が後《おく》れを取るわけがない。共に戦い、背中を任せてきた光彬はよくわかっている。だが諸大名の注目を浴びた今、名門公家出身の貴公子であるはずの純皓が、奥女中を鮮やかに撃退するわけにはいかない。

――もしも玉兎がそこまで計算した上で行動しているとしたら――光彬に子を作らせるという目的を阻む最大の壁である純皓を殺せるこの瞬間を、虎視眈々《こしたんたん》と狙い続けていたのだとしたら……。

「……純皓っ！」

叫ぶと同時に、光彬も雪華も動き出していた。

指示されたわけでもないのに桟敷席へ突進していく雪華の鞍上《あんじょう》で、光彬は残っていた矢を番え、引き絞る。狙うのは奥女中の左胸……ではなく、今まさに懐剣を振り上げた、その右手！

ごうっ、と空気が唸《うな》る。

「ぎゃあああああああっ！」

飛来《ひらい》した矢に掌を貫《つらぬ》かれ、若い奥女中は鮮血をまき散らしながら絶叫した。ひどくしゃがれ、耳障《みみざわ》りなそれが合図になったかのように、うずくまっていた奥女中たちは起き上がり、御台所を弑《しい》そうとした大罪人《たいざいにん》を取り押さえる。

「――気を付けよ！　その者には…」

まだ玉兎が潜《ひそ》んでいるかもしれない。警告しかけた光彬の口を、小さな掌がふわりとふさいだ。

――…大丈夫…、じゃ。もう、あれは去った……。

童形《どうぎょう》の剣精はいつもとは比べ物にならないほど弱々しく首を振ると、空気に溶けるようにして消えてしまった。はっとして腰の刀の柄《つか》を握れば、かすかな声が聞こえてくる。

――すまぬ……、少しだけ、…休ませてくれ…。

それきり声はやんだが、馴染んだ気配を刀から感じる。消滅したのではなく、力を消耗《しょうもう》しすぎただけらしい。

純皓を殺そうとした奥女中も懐剣を奪われ、咲によって縛り上げられている。もちろん、純皓にも傷一つ無い。

しかし、安堵の息を吐くのは早かった。奥女中による御台所の襲撃、それを阻んだ将軍の超絶的な一撃。次々と勃発《ぼっぱつ》しては鮮やかに解決される事件に大名たちが沸き返る中、狩装束のまの隆義がつかつかと歩み寄ってきたのだ。

「――上様。お見事なもののふぶり、この隆義、感服《かんぷく》つかまつりました」

殊勝《しゅしょう》にひざまずいたその顔を見た瞬間、胸に暗雲が満ちた。これ以上この男に喋《しゃべ》らせてはいけないと、本能が忠告する。

壇上から突き刺さる純皓の視線が、嫌な予感をどんどん増幅させる。…きっと純皓も気付いただろう。従順なはずの奥女中を突如《とつじょ》凶行に駆り立てたモノの存在に。そのモノの正体を、光彬が知っていることに。

「控えよ、左近衛少将。今は貴殿《きでん》と話しているような場合ではない」

駆け付けた門脇が、光彬の前に立ちはだかった。彦之進たち小姓も不埒《ふらち》な大名から主君を守らんと取り囲むが、隆義はまるで怯《ひる》まない。いったい、今度は何を言い出すのか。息を呑む諸大名は、催《もよお》しが始まる前とは違い、軽蔑や嫌厭《けんえん》だけではない期待のこもった眼差しを隆義に送る。

「これほどの御方とは、やはり縁を結びとうございまする。一度は断られ申したが…上様。我が妹を側室とし、大奥のひとすみに住まわせては頂けませぬか」

今日一番のどよめきを背負い、隆義は深々と頭を垂れる。

遠く離れた貴賓席で微笑む麗皓の典雅な顔に、玉兎に乗り移られた小姓のそれが何故か重なって見えた。


都からの賓客《ひんきゃく》を招いての武芸上覧《ぶげいじょうらん》は波乱のうちに幕を閉じたが、本当の波乱は招かれた諸大名が帰途《きと》についた後に待ち受けていた。

「……やられ申した。左近衛少将《さこんえのしょうしょう》、我らが思った以上の曲者《くせもの》にござる」

事態の収拾に当たった常盤主殿頭《ときわとのものかみ》は、夜もとっぷり更《ふ》けてから、苦々しい表情で中奥《なかおく》に参上した。かくしゃくとした顔は、ほんの数刻でだいぶやつれたようだ。

ことの次第を小姓《こしょう》経由で聞いた隼人《はやと》も、門脇《かどわき》も面持ちは暗い。長きにわたり光彬《みつあき》と苦楽を共にしてきた彼らは、光彬が純皓《すみひろ》に惚れ抜き、他の側室を娶《めと》る気など欠片《かけら》も無いことを熟知している。

「…諸大名には、左近衛少将を支持する者も多いようだな」

光彬もまた脇息《きょうそく》にもたれ、溜息を吐いた。いつに無く弱った主君を気遣い、隼人が差し出してくれる茶を啜《すす》る気力も無い。

――隆義《たかよし》の爆弾発言に騒然となった吹上御庭《ふきあげおにわ》を主殿頭たちに任せ、光彬は半《なか》ば逃げるようにして中奥へ引き上げた。あの場に将軍が残れば、騒ぎは加熱する一方だったからだ。

それから今まで、光彬も遊んでいたわけではない。御庭番に命じ、あの場に居合わせた諸大名や幕臣たちの反応を調べさせたのだ。

将軍だけに忠誠を誓う有能な御庭番たちは、二刻《ふたとき》も経《た》たずに数多《あまた》の情報を持ち帰ってくれた。

そしてそれらは、ほとんどが光彬の懸念《けねん》を裏付けるものだったのだ。

『旧饒肥藩《じょうびはん》のかどわかしは断じて許しがたいが、左近衛少将の申し出には一分《いちぶ》の理《ことわり》がある』

『さすがの傲岸不遜《ごうがんふそん》な左近衛少将も、上様のお見事なもののふぶりには敵《かな》わなかったか』

『上様には及ばないが、左近衛少将の武者ぶりもなかなかのものであった。あの武辺《ぶへん》の血筋が上様のお血筋に混ざれば、さぞご立派なお世継ぎがお生まれになることだろう』

武芸上覧の前は隆義を公然と非難し、志満津《しまづ》の姫を迎えて旧饒肥藩の一件をなおざりにするなど許さないと息巻いていたはずの諸大名の態度は、明らかに軟化していた。隆義が辛辣《しんらつ》な批判すら吹き飛ばし、武家伝奏《てんそう》の廣橋《ひろはし》に御衣《おんぞ》脱ぎを賜《たまわ》るほどの武勇を示したこと、そして光彬が隆義を凌駕《りょうが》する武者ぶりを披露《ひろう》したことが、皮肉にも彼らを変えてしまったのだ。

――西海道《さいかいどう》諸藩は幕府に反抗的だというが、盟主的存在の佐津間藩主が上様の前で頭《こうべ》を垂《た》れ、妹姫をもらって頂きたいと懇願《こんがん》した。ならばその妹姫が男子《おのこ》を産めば、上様の血を受け継ぐお世継ぎを戴《いただ》ける上、西海道で最も危険な佐津間藩に対する牽制《けんせい》にもなる。

光彬を主君と慕《した》い、その血筋を惜しむからこその思いを、幕府が積極的に否定するわけにはいかない。厄介《やっかい》極まりない事態――それこそが隆義の、いや、あの男の背後に潜《ひそ》む麗皓《つぐひろ》の狙いだったのだろう。

今ならわかる。純皓があそこまで麗皓を恐れた理由が。

……だが、玉兎《ぎょくと》は？

玉兎は奥女中の身体に乗り移り、純皓を殺そうとした。光彬に子を作らせるには、純皓が最大の障害だからだ。

そこに不思議は無い。だが何故、あの時だったのだろう。光彬の小姓にすらやすやすと乗り移ってみせた玉兎だ。その気になればいつだってことを起こせたはずなのに。

……まるで隆義と俺が競い合い、人々の注意が桟敷《さじき》から逸《そ》れることを、見透かしていたかのようだった。

神ならば、未来を予見出来るのか？

唯一答えてくれそうな鬼髻丸《きしゅうまる》は、未だ刀の中で眠り続けている。念のため将軍家お抱えの刀匠《とうしょう》にも検《あらた》めさせたが、刀身にも拵《こしら》えにも損傷は無いそうだ。鬼髻丸が力を回復させるのを、待つしかないのだろう。

眉間の皺《しわ》を深め、主殿頭は腕を組む。

「大名たちとて、心の底から左近衛少将に賛同しているわけではございますまい。冷静に考えればわかるはずなのです。佐津間の姫の産んだ子がお世継ぎとなれば、左近衛少将が最も近い外戚《がいせき》として幕政《ばくせい》に口を挟んでくるは必定《ひつじょう》。それ以前に、旧饒肥藩のかどわかしの調査は中止せざるを得なくなりまする。これ以上調査を進めたら、必ずや佐津間藩の関与の証拠が出て参るでしょうからな」

妹姫を通し、光彬と隆義は義兄弟となる。将軍の義兄をかどわかしの首謀者として処断するわけにはいかないから、かどわかしは旧饒肥藩が単独で行ったとされ、調査も打ち切られるだろう。かどわかしによって人生を狂わされた人々の苦痛も悲哀も、置き去りにして。

「しかし…ならば何故、彼らはあの左近衛少将になびいたりするのでござろうか」

疑問を口にする門脇は、げっそりと頬がこけてしまっている。咲《さき》に呼び出され、しばらく経って戻ってきたらこんな有様だった。咲も目の前で主人を殺されかけ、さぞ衝撃を受けたのだろうからと思って快《こころよ》く送り出したが、妻を慰めるうちにその悲しみに同調してしまったのだろうか。

「……熱狂、でございましょうな」

「熱狂……？」

「左様。それも一時的なものでござる。時が経てば冷め、何故あの時はあれほど燃え上がったのかと、彼ら自身疑問に思う…されどわずかな時を稼《かせ》げれば、左近衛少将は妹姫を側室入りさせる心算《こころづもり》があるのでございましょう。その自信の源《みなもと》までは、私もわかりかねまするが…」

「主殿頭、そのことだが」

首をひねる主殿頭に、光彬は純皓から聞いた麗皓と隆義の繋がりについて話してやった。老中《ろうじゅう》として幕府で重きをなす主殿頭だが、さすがにこの件については初耳だったようだ。

「何と、御台所様の兄君と左近衛少将が…。お恥ずかしながら養女の一件は、御台所様のお父上であらせられる右大臣様が、左近衛少将に申し入れられたものと思うておりました」

「ああ。俺も最初はそう思っていたが、御台の話では違っていた。…あの見た目に反して、麗皓はかなり厄介《やっかい》な男だぞ」

「そのようでございますな。…こたびの件も、筋書きを書いたのは兄君様やもしれませぬ。己は矢面《やおもて》に立たず他人を駒とする…いかにも公家《くげ》らしい遣《や》り口にございますからな」

されど——と、主殿頭は老獪《ろうかい》な笑みを浮かべた。

「今、陽ノ本《ひのもと》の政《まつりごと》を差配《さはい》しておるのは幕府、上様にございまする。そのこと、兄君様にはしっかりと学んでからお帰り頂きましょう」

光彬の三倍近く生き、熾烈《しれつ》な政争を戦い抜いてきた主殿頭にとっては、都の貴族たる麗皓とて若造だ。一礼し、幕閣との会議のため城表《しろおもて》に引き上げていく後ろ姿は、気迫が漲《みなぎ》っていた。

これから隆義と麗皓が何を仕掛けてこようと、そう簡単に出し抜かれることは無いだろう。

主殿頭に任せておけば、表のことはひとまず心配は無い。そうなると、俄然《がぜん》心にのしかかってくるのは…。

「——上様。大奥より文が届きました」

「……っ…」

「ぴぎゃあっ⁉」

隼人が配下から受け取った文箱《ふばこ》を差し出すと、傍《かたわ》らの門脇が妙な悲鳴を上げながらぴょんっと跳び上がった。そのままこそこそと座敷の隅に逃げ込もうとする乳兄弟の袂《たもと》を、光彬はむんずと摑む。

「待て、小兵衛《こへえ》。どこへ行く気だ」

「わわわわ若、さささささ咲が、咲が」

じたばたする門脇のぎょろりとした目は、赤く充血している。咲に呼び出された時、不安がる妻と一緒に泣いてやったのだろうか。

……相変わらず、情の深い男だな。

泣いたのではなく鳴かされたのだと知るよしも無い光彬はうんうんと頷き、袂を放してやった。文箱を受け取り、中に収められた文を一読する。

流麗な手跡《て》は純皓のものだ。なるべく早く大奥にお渡り頂きたいと丁重に記《しる》されているが、書いた本人は今頃、まだかまだかと苛立ちながら夫を待ち構えているだろう。…自分が襲われた理由を、吐かせるために。

もはや、玉兎の真の目的を隠し通すことは出来ない。そう悟《さと》ってしまったからこそ、中奥から出られずにいたのだが…そろそろ年貢《ねんぐ》の納め時のようだ。

「大奥に渡る。支度を」

「承知いたしました」

光彬の行動を予測していたのか、隼人は素早く新しい小袖《こそで》と羽織に着替えさせてくれた。小姓たちを引き連れて中奥を出る前に、光彬は門脇の手に結び文を握らせてやる。

「上様…、これは？」

「咲からお前にだ。文箱に同封されていた」

門脇に渡して欲しいと、純皓からの追伸に記されていたのだ。きっと夫への恋情《れんじょう》を切々と書き連《つら》ねてあるに違いない。

「あ…、あわわ、わっ…」

「すぐに返しの文を書いてやれよ」

ぽん、と震える肩を叩き、きびすを返した光彬は知らない。結び文を掌《てのひら》に乗せたまま、乳《ち》
兄弟《きょうだい》が泡を吹いて失神してしまったことを。

「……御側用人様《おそばようにん》を、介抱《かいほう》して差し上げろ」

掌で額を覆った隼人が、溜め息交じりに命じたことも。

いつも華やいだ大奥の空気は、今日ばかりはどんよりとよどみきっていた。

迎えに現れた奥女中の表情は暗く、廊下の両脇に居並ぶ奥女中たちにいたってはぬかずいたままぴくとも動かない。普段なら将軍の目に留まろうと美しく化粧した顔をほころばせ、懸命に秋波《しゅうは》を送ってくるのに。

聞けば、総取締役の花島《はなじま》は心《しん》の臓《ぞう》の痛みを訴え、寝込んでしまったという。光彬の亡き父の代から仕《つか》える老女さえ、今回の凶報《きょうほう》には耐え切れなかったらしい。諸大名や帝の使者たちの前で奥女中が御台所《みだいどころ》に襲いかかるなど、前代未聞の不祥事だ。監督不行き届きの罪を問われ、御《お》役御免《やくごめん》は避けられまい。

場合によっては、高位の御役にある奥女中たちも連座《れんざ》させられる可能性が高い。だから吹上

御庭での事件の一報がもたらされて以降、大奥は不安と絶望のどん底に沈んでしまったのだ。

「――ようこそおいで下さいました、上様」

だが、御台所の住まう御小座敷《おこざしき》だけはいつもと変わらず、清涼な空気に満たされていた。まるで純白に梅花《ばいか》を描いた打掛《うちかけ》を纏《まと》った純皓が、よどみを浄化しているかのように。

「…純皓…、その…」

全てを打ち明けるのだと決意したはずなのに、淑《しと》やかに手を揃えられ、頭を下げられると、言葉が喉につかえてしまう。

「どうぞ、こちらへ」

共に並んで出迎えた咲が、光彬を上座《かみざ》に案内するとすぐに隣の間へ下がっていった。門脇からの返事を待つのだろうか。その足取りはどこか弾《はず》み、嬉しそうだ。

だが、咲の主人はと言えば――。

「お忙しいところにお出まし頂き、恐縮にございます。…岩井《いわい》の取り調べが済みましたので、上様にご報告申し上げなければならないと思いまして」

「…あ、ああ…」

岩井というのは、玉兎に乗り移られ、純皓を殺そうとしたあの若い奥女中だ。

さる旗本《はたもと》の娘で、生真面目な性格から花島に目をかけられ、今日も御台所のお付きに選ばれた――というところまでは、光彬もすでに中奥で聞いていた。奥女中は身元の確かな娘ばかりだから、素性はすぐに知れるのだ。

取り押さえられた後、岩井は大奥の塗籠《ぬりごめ》に閉じ込められた。奥女中の処罰は、彼女たちの主人である御台所の管轄だからだ。

未遂に終わったとはいえ、御台所殺害に及んだとなれば、普通は死罪を免《まぬが》れない。岩井の親兄弟も良くて改易《かいえき》、最悪死罪もありうるだろう。罪に問われるべきは岩井ではなく、玉兎だというのに。

「岩井は己のしでかしたことを一切覚えておりませんでした。吹上御庭での出来事を聞かされると泣き崩れ、己を責めて自害を試《こころ》みたため、今は拘束してあります」

「純皓…、そのことだが…」

「——はい？　何か？」

思い切って玉兎のことを告げようとすると、すっと目を眇《すが》められ、光彬は言葉に詰まった。純皓は穏やかに微笑んでいるのに、どうして背筋がぞくぞくするのだろう。それに何故、あんなに離れたところに座っているのか。いつもは光彬の隣に腰を下ろし、優しく抱き寄せてくれるのに。

何も言えないでいると、純皓は再び口を開いた。

「…岩井の家には、まだ何も報《しら》せていません。岩井の父は上様への忠誠篤《あつ》く、一本気な男と聞いております。娘の罪を知れば、切腹しかねないと思いましたゆえ」

「そうか…、良かった」

光彬はほっと胸を撫で下ろした。岩井本人はもちろんだが、彼女の親兄弟も気がかりだったのだ。本人の責《せめ》ではないのに命をもって償《つぐな》わせるなど、光彬の望むところではない。

……さあ、今度こそ真実を……。

「…以上でございます。お忙しい中、ありがとうございました」

「は……？」

意気込んだとたん頭を下げられ、光彬は思わずぱちぱちとしばたたいてしまう。自分が何故殺されかけたのか問い詰めるために、純皓は光彬を呼び出したのではないのか？

「今日はさぞお疲れになったでしょう。中奥にお戻りになり、ゆっくりお休み下さいませ」

「…いや…、純皓。俺に聞きたいことがあったのではないのか？」

「いいえ？　岩井のことをご報告したかっただけでございます。…ああ、岩井の怪我は医師に治療させましたゆえ、ご心配には及びません。矢がうまく骨を避けて貫通《かんつう》したため、傷がふさがれば元通り動くようになると…」

「……純皓！」

御台所として非の打ちどころの無い——温《ぬく》もりの欠片も無い態度に、光彬はとうとう耐え切れなくなった。純皓の傍に大股で移動し、白い打掛を羽織った肩を摑む。

「何が聞きたいのか、はっきり言ってくれ。俺も、今日は隠していたことを洗いざらい白状するつもりで来たのだ」

「隠していた…？　まあ、上様ったら……」

くしゃりと歪んだ顔を、純皓は打掛の袂《たもと》で覆った。

……な、泣かせてしまったのか？

焦って覗き込もうとした瞬間、光彬はぎくりと硬直する。袂の陰からちらつく美しいかんばせが、ぞっとするほどなまめかしい微笑に彩《いろど》られていたから。

「私と上様の間に、隠し事などあるはずがございません。だって、上様は約束して下さったのですから。私を悲しませないための隠し事は、決してしないと」

「…純、皓…、っ…」

「だから、私は、…私は…」

「――純皓……！」

揺れる瞳の奥に冷たい態度とは裏腹の感情を見付けてしまい、深い後悔が矢となって心の臓を貫いた。

…何をした。何をしていたのだ。

悔恨《かいこん》と自己嫌悪に突き動かされるがまま、光彬は妻の身体をかき抱いた。伝わってくるかすかな震えに、罪悪感をいっそう煽《あお》られる。この男がどれほど光彬を大切に思い、守ろうとしてくれているのか。光彬こそが一番よく知っているはずなのに…！

「…すまない。すまなかった…！」

「上、…様…」

「織之助《おりのすけ》に乗り移った玉兎は、俺に言ったのだ。邪魔者が消えてすっきりしただろう、この上は早く血を繋ぎ、安堵させてくれ――と」

びくり、と大きく震えた身体を押さえ込むように、光彬は抱き締める腕に力を込める。

「俺はもう…、お前に、子が出来ないことで己を責めて欲しくなかった。…悲しませたくなかった…」

しばしの間、座敷には二人分の呼吸だけが降り積もっていった。今、純皓の胸に去来《きょらい》するのはどんな思いなのか。怒りか、呆れか、悲しみか。純皓を苦しめるものは全てこの手で取り除いてやりたいのに、最も苦しめているのは光彬なのだ。

……いっそ……。

「……気付いて、いた」

いっそ己で己を痛め付けてやろうか。そんな衝動に襲われそうになった時、純皓はぽつりと呟いた。膝の上に置かれた手が、ふるふると震えている。

「玉兎に関して、お前が全てを語ったわけではないということは」

「っ…、だったら、何故…」

「何故、今まで尋ねなかったのかって？」

ひくり、と純皓は喉をわななかせた。

「正面きって尋ねても、お前が答えてくれるとは思えなかった。無理やり聞き出して、ただでさえ多忙なお前に負担をかけるような真似もしたくなかった。…だから、お前が何を隠しているのか、ずっと自分で探っていた」

「…そんな…」

旧饒肥藩のかどわかしでも今回の武芸上覧でも、ずっと献身的に支えてくれていた妻が、心の中ではそんな葛藤《かっとう》を抱えていたなんて。まるで気付けずにいた己は、どこまで愚《おろ》かなのか。

自己嫌悪に押し潰されそうな光彬の手を、長くしっとりとした指がからめとった。

「だが、今わかった。しおらしい御託《ごたく》を並べ立てたところで、結局俺は…知りたくなかっただけなんだと」

「…知りたく、なかった?」

「お前が隠すのなら、おそらくそれは俺にはどうしようも出来ないことだ。知ってしまえばそれと向き合い…認めざるを得なくなるかもしれない。…俺は、お前の御台所に相応《ふさわ》しくはないと」

「……そんなわけがあるか!」

もやもやと胸に渦巻《うずま》いていた泥のような感情を、突き上げる激情が吹き飛ばした。

「俺の妻はお前だけだ。誰が何と言おうと関係無い」

「…相手が人間ではなく、あやかし…いや、もっと上位の存在でも？」

何故そのことを、と驚きはしなかった。ずっと玉兎について探り続けた純皓なら、察していてもおかしくはない。

「当たり前だ。俺はお前だけしか欲しくない。たとえ神でも、この気持ちは否定させない」

光彬は毅然《きぜん》と断言した。

主殿頭や虎太郎《こたろう》の話から推察するに、玉兎は生前の祖父と浅からぬ因縁《いんねん》があったのだろう。彦十郎《ひこじゅうろう》とて、玉兎を疎《うと》んじていたわけではないのかもしれない。

だが――。

「今日、玉兎は岩井に乗り移り、お前を殺そうとした。俺に子を儲《もう》けさせるために。…俺からお前を奪おうとするなら――この手で討つ」

「…光彬、お前…」

ゆっくりと上げられた顔が歪む。驚きに瞠《みは》られた黒の双眸《そうぼう》には、かすかな恐怖も滲《にじ》んでいた。『八虹《やこう》』の長《おさ》ともあろう男が、怖いのだろうか。怒れる光彬が。

……ああ、そうか。俺は怒っていたのか。

岩井に乗り移った玉兎が純皓に襲いかかった時から、ずっと。純皓に真実を明かさなければならない緊張に、隠れていただけで。

「…怖いよ、光彬」

打掛の袖《そで》を揺らし、純皓は光彬に手を伸ばす。突き放されるのを覚悟したが、その手は光彬の頬に優しく添えられた。

「お前に、どこまでも堕《お》ちていく。…果ての無い愛が、怖い」

「純皓…、っ……」

そっと重ねられた唇の柔らかさと温もりに、不安と怒りが溶かされていく。

身体の力を抜けば、純皓は光彬の背中に腕を回した。抱き締める側から、抱き締められる側へ。すっかり馴染んだ白檀《びゃくだん》の香りを吸い込み、小袖の胸元に顔を埋《うず》める。

「──俺にも、お前に詫《わ》びなければならないことがある」

どれくらい、黙って身を寄せていただろうか。緊張の緩《ゆる》みきった光彬の耳朶《じだ》を、長い指先が撫でた。

「今日、俺は騒ぎに紛《まぎ》れてあの男を…紫藤《しとう》麗皓を拉致《らち》するつもりだった。俺に付き従っていた奥女中たちは、半分が『八虹』の配下と入れ替わっていたんだ」

「何、だと…？」

思いがけない告白にぎょっとしたが、納得もした。岩井を取り押さえた奥女中たちの手並みが、ろくに運動もしない奥女中にしてはやけに鮮やかすぎると思っていたのだ。さすがの彼らも、玉兎の力には敵《かな》わなかったようだが。

しかし、何のために麗皓を拉致する必要があった？

「武家伝奏一行の滞在する寺院に潜《ひそ》ませた配下が、重要な情報を持ち帰ってきたんだ。三日ほど前から、寺院の房室《ぼうしつ》に身分の高そうな若い娘が逗留《とうりゅう》するようになったと。しかもその娘は、丸に十字の紋《もん》入りの調度を持ち込んだと」

「丸に十字……！」

それは有名な志満津家の家紋だ。志満津家は分家が多いが、丸に十字の家紋を用いることが許されるのは本家の血筋の者だけである。つまりその若い娘というのは…。

「…俺にあてがうつもりの、妹姫か…？」

「俺もそう思った。恵渡《えど》藩邸から寺院に移したのは、あの男を介して紫藤家との養子縁組を結び、紫藤家の姫としての教育を受けさせるためだろう」

側室入りの打診はすでに却下されたにもかかわらず、隆義は姫の養子縁組を取りやめなかった。まだ姫の側室入りを諦めていないということだ。どうやって姫を大奥にねじ込むのか、計画を練っているのはおそらく隆義の軍師的存在の麗皓である。

「だから麗皓を拉致し、計画を吐かせようとしたのか…」

「ああ。何か仕掛けてくるとしたら、お前とあいつらが一堂に会する武芸上覧の席の可能性が高い。悠長に情報を集めている余裕は無いと判断した。…だが、まさかあんな形で攻めてくるとは…」

「…あれは仕方が無い。将軍に直接勝負を挑むなんて計画は普通予想出来ないし、そんな計画を実行に移せるのは隆義くらいだろう」

麗皓と隆義だからこそ、計画は成功したのだ。計算高い都の貴公子と、野心の塊《かたまり》のような大名。短所を補い長所を増幅し、恐ろしいくらいの相乗効果を発揮している。水と油の関係のはずなのに、どうしてあそこまで息が合うのか。

「なあ、純皓。考えたんだが…玉兎は、隆義たちと組んだのではないか？」

「…何故、そう思う？」

「それが一番しっくりくるからだ。玉兎は俺が子を作ることを望んでいる。だったら、志満津の姫の側室入りは大歓迎のはずだ。姫が俺の子を産めば、願いは叶うんだからな」

隆義と繋がっていたからこそ、あの時、絶妙の間合いで岩井を操れたのではないか。光彬の推察に、純皓は首を振る。

「その可能性が全く無いとは言わないが……左近衛少将たちと組んでいるにしては、どうにも中途半端だ。岩井に乗り移った玉兎からは、少しも殺気を感じなかった。本気で俺を殺したかったのなら、『八虹』の配下を操った方がまだ成功の可能性は高いのに、わざわざ戦闘訓練も受けていない岩井を選んだ。こう言ってはなんだが…まるで遊んでいるようだった」

「遊んで……」

——ははっ。あはははは。

無邪気な子どもの笑い声が聞こえた気がして、光彬は背筋を震わせる。奇妙に幼い印象を受けた玉兎。彦十郎の死の直前、虎太郎が聞いたという子どもの声——。

「……万が一、佐津間の姫の側室入りが実現しても、それだけでは意味が無い。姫がお前の閨《ねや》に呼ばれなければ、孕《はら》みようが無いだろう？」

「……あ、あ。その通りだ」

小袖の上から意味深に尻をまさぐられ、応える声が上擦《うわず》った。笑みの形に歪んだ唇で、純皓は光彬のこめかみに口付けを落とす。もうすっかり、いつもの妻だ。

「…だ、だが、隆義たちと玉兎が無関係だと断定するのも早計だろう。玉兎は人ではない。隆義と合力《ごうりき》しつつも、あやつはあやつなりの考えで動いておるのかもしれん」

「確かに…その可能性はあるな」

「だから——俺たちで調べよう、純皓。隆義と玉兎の関わりを。…力を、貸してくれるか？」

これまでは門脇しか頼れなかった。だが今なら、純皓と力を合わせられる。誰よりも信頼の置ける妻であり、『八虹』の長でもある純皓と一緒なら、きっと真実にたどり着ける。そう無条件で信じられた。

「…誰に聞いている、光彬」

すっと抱擁《ほうよう》を解き、純皓は光彬を真正面から見据える。大胆不敵で、放埓《ほうらつ》で——なのに気高くなまめかしい矛盾に満ちた笑みを浮かべられるのは、純皓だけだ。

「俺はお前の妻、妻の力は夫のものだ。…この力、存分に使えばいい」

「……ああ、純皓」

……俺の妻になってくれたのが、お前で良かった。

胸に満ち溢れる歓喜のまま、光彬は愛しい妻の口付けを受け止めた。


——この手で討つ。

鋼《はがね》の如《ごと》く強い光彬の意志が、眠れる鬼讐丸の精神を揺さぶった。童形《どうぎょう》の剣精《けんせい》はのろのろと起き上がり、両手を顔の前にかざす。

紅葉《もみじ》のようなそれはあちこちひび割れ、蜻蛉《とんぼ》の翅《はね》のように透けていた。いや、手だけではない。水干《すいかん》の下もいたるところに亀裂が入り、力が漏れ出ていくのがわかる。完全に砕け散ってしまわないのは、鬼讐丸の本体である刀は無傷で済んだのと…主人の光彬のおかげだろう。あの強く清冽《せいれつ》な魂の輝きが、玉兎の攻撃から鬼讐丸を守ってくれたのだ。

——守護剣精たるわれが、あるじさまに守られるなど……。

口惜しくてたまらなかった。玉兎に乗り移られた奥女中を、鬼讐丸は力を振るい、昏倒《こんとう》させるつもりだったのだ。身の内に玉兎が居るとはいえ、その肉体は人間に過ぎない。簡単に意識を刈り取れるはずだった。…だが、実際に昏倒させられたのは鬼讐丸の方だったのだ。

恐るべき力だった。

曲がりなりにも神と呼ばれる存在だけはある。正面からぶつけられた力に、まるで太刀打ち出来なかった。とっさに本体の刀に逃げ込まなければ、鬼讐丸は消滅させられていたかもしれない。人の呪いから生まれ、屍《しかばね》の山を生み出したかつての妖刀が…。

——今度こそあやつから、あるじさまを守るはずだったのに。

鬼讐丸をたやすく吹き飛ばした瞬間、玉兎は笑っていた。いい玩具《おもちゃ》で遊べたとばかりに。その気になれば鬼讐丸を消滅させることだって可能だったのに、それ以上の追撃を加えず去っていったのは、その礼のつもりだったのかもしれない。

やはり——剣精のままでは駄目なのだ。

玉兎は神であり、光彬を害する意図は無い。むしろあの神なりに守り、加護すら与えている。数年前に恵渡を襲った流行病《はやりやまい》…光彬の父や異母兄弟たちの命をことごとく奪い、光彬をありえないはずの将軍位に押し上げた災厄。きっとあれも…。

——じゃが、あるじさまはあやつの加護を必要としていない。

光彬が望むのは愛しい妻や家臣たちと手をたずさえ、陽ノ本の民を守ることだ。鬼讐丸の力を使えば恐怖をもって陽ノ本を従わせることも出来るのに、あくまで人として困難に立ち向かおうとする。

そんな光彬だからこそ鬼讐丸は聖刀でいられるし、守りたいと思うのだ。光彬の願いをさまたげる玉兎は、絶対に排除しなければならない。

――そのためには、われも……。

かざしていた手を下ろし、鬼讐丸は再び眠りにつく。

願いを叶えるための――深い深い眠りに。


波乱ずくめだった武芸上覧から四日後。

光彬は夜を待って中奥を抜け出し、恵渡城のほど近くにある寺院を訪れた。今度は門脇ではなく、純皓と一緒だ。門脇には万が一何かあった時の備えとして、中奥で留守居を務めてもらっている。

「…ここに、麗皓たちが滞在しているのか」

寺院を取り囲む塀《へい》に上り、光彬は大伽藍《だいがらん》を見下ろした。すでに恵渡は夜の闇に沈んだが、都からの賓客《ひんきゃく》を迎えた名刹《めいさつ》はいたるところに灯籠《とうろう》を灯《とも》し、ぼんやりと浮かび上がって見える。祖父に鍛《きた》えられた光彬はもちろん、夜闇に慣れた闇組織の長たる純皓であれば、行動に何の差し支えも無い。

「配下を先行させ、警護の武士は眠らせてある。坊主どもも床《とこ》に入った。…忍び込むなら、今だ。準備はいいか？」

「ああ。……行こう」

光彬が頷くと、純皓は下げていた口元の覆いを上げ、ひらりと塀から飛び降りた。玉砂利《たまじゃり》に音も無く着地した純皓の後を、光彬も追いかける。

……たいしたものだな。

薄闇に溶け込んだ黒装束《くろしょうぞく》の後ろ姿に、密かに感心する。

これだけの規模の寺院で、今は帝の使者を迎え入れているのだ。眠らせきれなかった武士や寺院が独自に雇った護衛も巡回しているだろうに、誰一人純皓の存在に気付かない。さすが『八虹』の長だ。この分なら、人目につかぬまま目的の場所…麗皓の滞在する離れの座敷まで侵入出来るだろう。

——武家伝奏一行の滞在する寺院に忍び込み、麗皓を直接尋問する。

そう決断するに至ったのは、武芸上覧での一幕が無視出来ない速さで幕臣たちの間に広まってしまったせいだ。

彼らは伝え聞いた将軍の活躍に熱狂し、ますます光彬の子を望むようになった。鶴松《つるまつ》という世継ぎは居るが、あくまで異母弟に過ぎない。あの反抗的な佐津間藩主を正々堂々武力でもってひざまずかせた英傑《えいけつ》の血を、次代に受け継がせたいと。

そのためなら、たとえ生母が佐津間の姫でも良いのではないか。

最初にそう言い出したのが誰なのかは不明だが、次代将軍には光彬の実子を、という気運は一気に高まっていったのだ。

純皓が岩井に襲われたのもまずかった。あの時の岩井は玉兎に操られていたのだが、それを知るのは光彬と純皓だけだ。ゆえに、御台所につらく当たられ続けた奥女中が狂乱し、恨みを晴らそうとしたという根も葉も無い噂が生じてしまったのである。

光彬と純皓の仲睦《むつ》まじさも、御台所の心優しさも周知の事実だ。噂を信じた者はほとんど居ない。

だが噂を耳にした者は、もしも御台所が本当に奥女中をいびり倒すような性悪なら、己の地位をおびやかされないよう他の女の側室入りを阻止しているのかもしれない——頭の片隅に、かすかな疑念を植え付けられてしまったのだ。

噂を流させたのは麗皓だろうと、純皓は言った。将軍家に御庭番が居るように、志満津家も腕利きの忍びを飼っている。噂で敵を惑わすなど、彼らにとっては児戯《じぎ》にも等しい。

…今はまだ、志満津の血を将軍家に迎え入れるなど言語道断という意見の方が強い。百年以上続いてきた西海道諸藩への嫌悪と反感は、そう簡単に消え去るものではないのだ。だがそれも、玉兎という人智を超えた存在が絡めばどう転ぶかはわからない。

だから今のうちに麗皓を問い質《ただ》し、玉兎との関わりを確かめておかなければならないのだ。光彬が志満津の姫を受け容《い》れざるを得なくなる前に——玉兎が本気で願いを叶えようとする前に。

……それに、今なら麗皓を隆義から引き離せるかもしれない。

用心深く周囲の気配を窺い、神経を張り巡らせながら、光彬は拳《こぶし》を握り締める。

あの男は敵だと純皓は断言したけれど、叶うものなら、二人を再び兄弟として過ごさせてやりたかった。麗皓がどうして佐津間の姫の側室入りを望むのかはわからないが、隆義と玉兎が……佐津間藩という陰謀の母体そのものが瓦解《がかい》してしまえば、手を引くしかなくなるはずだ。

……吉五郎《きちごろう》は不幸なまま死なせてしまった。純皓にだけは、あんな思いを味わって欲しくない……。


「――ここだ」


裏庭を回り込んだところで、純皓は足を止めた。篝火《かがりび》に照らし出された館はまだ新しく、かすかに檜《ひのき》の匂いが漂う。都の貴人《きじん》をもてなすため、幕府からの下《くだ》され金で改築したのかもしれない。

先行した配下が錠《じょう》を上げておいてくれた裏口から、離れに侵入する。

無人の厨《くりや》を通り抜け、板の間の廊下に上がろうとした時だった。張り詰めた感覚に、不穏な何かが引っかかったのは。

鼻をうごめかせ、光彬は腰の刀の柄《つか》に手をかけた。芳《かぐわ》しい檜の香りに、寺院とは無縁のはずの匂い――血の匂いが混じったのだ。


「純皓……」

「ああ。…こっちだな」

目配せを交わし、二人は足音を消して廊下を進んだ。曲がり角の手前で立ち止まったのは、血まみれの武士が壁にもたれ、こときれていたせいだ。

正面から、袈裟懸《けさが》けで一撃。相当な手練《てだ》れに襲われ、抵抗も出来ずに死んだらしい。武士の刀は鞘《さや》に収まったままだ。

「この者は…幕府から遣わされた、警護の者だろうな。純皓、念のため聞いておくが…」

「俺の配下の仕業じゃない。俺が命じたのは厨の飲み水に眠り薬を混ぜることと、裏口を開けておくことだけだ」

「…そうだろうな」

純皓の配下なら、こんな目立つ殺し方は避けるだろう。この傷口は大刀《だいとう》によるもの…すなわち、犯人もまた武士なのだ。

「たまたま水を飲まなかった者同士が、喧嘩で刃傷沙汰《にんじょうざた》に及んだ…わけではないようだな」

純皓の冷静な分析に、光彬も同意する。

「喧嘩なら、傷が致命傷の一撃だけというのは不自然だ。それに…」

つかの間手を合わせてから触れた武士の項《うなじ》は、まだ温もりが残っている。殺されてそう時間が経っていないのだ。つまり…。

「…犯人はまだ、近くに居る可能性が高いってことか」

純皓はくんっと手首を上下させる。

次の瞬間、その手には一振りの小太刀《こだち》が握られていた。光彬もまた刀の鯉口《こいくち》を切り、わずかな違和感に眉を寄せる。

今日、腰に差してきたのは鬼讐丸ではない。代々の将軍に受け継がれてきた宝刀、金龍王《きんりゅうおう》丸《まる》だ。

――あるじさま。しばしの間、われはお傍を離れなければならぬ。

昨夜、夢の中に神妙な顔の鬼讐丸が現れ、そんなことを言い出した。それだけでも驚きだったのに、鬼讐丸はもう一人、初めて見る直垂《ひたたれ》姿の偉丈夫《いじょうぶ》を伴《ともな》っていたのだ。

威厳と気品に満ち溢れたその偉丈夫は、金龍王丸と名乗った。神君光嘉《しんくんみつよし》公以来、代々の将軍を守護してきた宝刀《ほうとう》に宿る精霊なのだと。

――われの居《お》らぬ間、この金龍王丸にあるじさまの守護を頼んでおいた。…どうか、われを信じ、待っていて欲しいのじゃ。

どこへ行こうというのか。何故光彬の傍を離れなければならないのか。玉兎にやられた傷は癒《い》えたのか。

何も問えぬまま、鬼讐丸も金龍王丸も消えてしまった。そして翌朝、枕元の刀掛には、鬼讐丸の代わりに金龍王丸が掛けられていたのだ。中奥じゅうを捜し回っても、鬼讐丸は見付からなかった。

本来は重要な儀式の時のみ用いられるべき伝来の宝刀を城外に持ち出すのはさすがにためら

われたが、鬼彎丸の言葉が気にかかって仕方が無く、悩んだ末に差してきた。あの幼くおしゃべりな剣精と違い、寡黙《かもく》な金龍王丸は姿を現さず、語りかけてくることも無い。だがその柄からは、魂ある名刀だけが持つ覇気《はき》が確かに伝わってくる。

「ひっ、ひぃっ、ひぃぃぃぃっ！」

にわかに緊迫した空気を、かん高い悲鳴が引き裂いた。

光彬と純皓はぱっと顔を見合わせ、無言で声のした方へ走り出す。光彬の記憶が確かなら、あの声は…武家伝奏の廣橋《ひろはし》だ。

「…純皓っ！」

ざわりと背筋を悪寒が這い上がり、光彬は純皓の前に躍り出た。同時に金龍王丸を抜き放ち、破邪《はじゃ》の金龍が彫刻された刀身《とうしん》で前方をなぎ払う。

ぎぃんっ！

暗闇から現れた白刃《はくじん》が金龍王丸に激突し、火花を散らした。

鋼と鋼が噛み合ったのは、一瞬。将軍だけを守ってきた誇り高い名刀は慮外者《りょがいもの》の白刃を半ばから切断し、弾《はじ》き飛ばす。

「何ぃっ⁉」

「はああ…っ！」

返す刀で、光彬は怯んだ相手の胴《どう》に一撃を見舞った。確かな手応えに息を吐く間も無く、斜め後ろで不穏な気配がうごめくが――。

「ぐわあっ…」

純皓がすかさず放った刀子《とうす》は、闇から飛び出した影を正確に捉えた。喉を深々と刀子に貫かれ、どうっと倒れた男を見下ろし、純皓は眉を顰める。

「こいつも武士か…」

「こっちもだ」

折れた大刀を握り、血の海に横たわるのは、服装や雰囲気からして武士…金銭で雇われる浪人崩れなどではなく、相応の家の者だ。

武家伝奏一行を快《こころよ》く思わないどこかの武家が、刺客を放った？　廣橋の気性ならありえなくもないが、それなら身元が割れぬよう賊《ぞく》にでも見せかけるだろう。

疑問まみれになりながらも、光彬は純皓を促《うなが》し、再び走り出した。

もしも武家伝奏が恵渡で殺されたりすれば、朝廷と幕府の間に亀裂が入るのは避けられない。ことは一刻を争うのに。

「……くっ！」

角を曲がったところで、またもや刀を構えた武士たちとかち合ってしまい、光彬は歯噛みした。肌をちりちりと焼くような殺気――間違い無い。彼らは皆、かなりの遣い手だ。

「死ねぃっ！」

「皆殺し…、皆殺しじゃあ！」

抜刀《ばっとう》し、何のためらいも無く突進してくる武士たちの目は異様なほど血走り、ぎらぎらと輝いている。戦いの空気に興奮しているにしては、少し変だ。やたらと荒い呼吸、顔じゅうびっしりとかいた汗、あれではまるで…。

——ご主君。あれの気配がいたしまする。

頭の奥で、金龍王丸が告げた。豊かな張りのある、役者のようにいい声だ。

——あれとは、玉兎のことか!?

——はい。かすかにですが、鬼讐丸どのから伝え聞いた通りの気配がこの者たちから漏れておりまする。あれ自身が乗り移っておるのではなく、力を埋め込まれたのかと。

「…純皓、玉兎だ。この者たちは玉兎の力を与えられている！」

「く…、…妙に手強《てごわ》いと思ったら、そういうわけ、か…っ！」

大上段《だいじょうだん》からの強烈な一撃を小太刀で受け止めていた純皓が、屈《かが》みざま敵の股間に回し蹴《げ》りを叩き込んだ。吹き飛ばされ、背中から壁に激突して動かなくなった敵には構わず、背後を取ろうとしていたもう一人の武士の喉に刀子を放つが——。

きんっと高い音と共に、刀子は武士の刀に弾き返された。純皓の刀子が防がれるところを見たのは、これが初めてかもしれない。刀子を弾いたことでがら空きになった武士の脇腹に、光彬は斬撃《ざんげき》を加える。

「うぐぅっ……」

大刀を取り落とした武士がくずおれると、ようやく悪寒がやんだ。ひとまずこのあたりの敵は一掃《いっそう》出来たようだ。しかし、安堵するのはまだ早い。息を整える間も惜しみ、光彬と純皓は離れの奥を目指す。

「…あそこが、廣橋にあてがわれた座敷だ」

純皓が顎《あご》でしゃくってみせた先、水墨画の描かれた襖《ふすま》は開け放たれ、室内が丸見えになっていた。濃厚な血の匂いが鼻を刺す。一縷《いちる》の希望にかけて座敷に踏み込み、光彬は詰めていた息を吐いた。

「……遅かった、か」

床の間にうつ伏せになり、ぴくりとも動かぬ男の直衣《のうし》の背中は斜めに切り裂かれ、鮮血が溢れ出ていた。悲鳴を上げながら逃げ惑い、床の間に倒れたところを斬られたのだろう。念のため仰向《あおむ》けにしてみるが、生気の消え失せた顔は間違い無く廣橋のものだ。

光彬の肩越しに骸《むくろ》を見下ろし、純皓は布の下の唇を歪めた。

「…殺《や》ったのは、さっき遭遇した奴らだろうな」

「ああ…、おそらくは」

沸々《ふつふつ》と怒りが湧いてくる。

名門公家《くげ》を鼻にかけた廣橋は、好ましい人物ではなかったかもしれない。だがどんな人物であれ、戦うすべを持たぬ者を追い詰め、あまつさえ命を奪うなど決して許されないことだ。いったいあの武士たちは――玉兎は、何のためにこんな暴挙に出た？

「……いやぁあっ……」

隣の座敷と隔《へだ》てる襖越しに高い悲鳴が響いたのは、左の拳をぐっと握り締めた時だった。

「今のは…、女子《おなご》の悲鳴？　あの声は…」

「――あっちは、補佐役の部屋だ！」

補佐役、つまり麗皓の滞在する部屋である。純皓に指摘されるや否や、光彬は助走をつけ、隣の座敷に続く襖を蹴《け》った。手で開ける時間すら惜しかったのだ。さっきの悲鳴に、聞き覚えがあったから。

……まさか。そんなはずはない。

ただの気のせいだ。…あるわけがないのだ。偶然、町で出逢った娘。輿入《こしい》れを間近に控えているという大名家の姫が、こんな夜更けの寺院に居るわけが――。

「……おや、上様」

吹き飛んだ襖の向こうで、直衣を着崩した麗皓は穏やかに微笑んだ。まるで親しい友人に、思いがけず出逢ったかのように。…その腕に、振袖《ふりそで》を纏《まと》った小柄な娘を抱いて。

純白の直衣を着こなした貴公子と、振袖姿の若い娘。

恋人同士の逢瀬《おうせ》を邪魔してしまったのかと、気まずく思ったかもしれない。娘を抱く貴公子の純白の袖が、紅く染まっていなければ。…娘の左胸に、短刀が深々と突き立てられていなければ。

「…麗、皓…、そなた…」

「……ぁ、…し、…ちだ、…さま?」

閉ざされかけていた娘の瞳が震え、わずかに見開かれる。

背中に純皓の温もりを感じ、光彬は己がぐらりとよろめきかけたことに気付いた。信じたくない。夢であって欲しいが、まだあどけなさの残る娘の顔は…。

「……郁《いく》、どの……」

「……な、…ぜ……」

何故、光彬がここに居るのか。何故、自分は慕《した》った男の手によって殺されなければならないのか。最期に郁が尋ねたかったのはどちらだろう。もはや確かめるすべは無い。涙に濡れた瞳は、閉ざされてしまったから——永遠に。

振袖に染み込んだ鮮血がぽたぽたと滴《したた》り落ち、畳《たたみ》にいくつもの紅い染みを作っていく。散華《さんげ》にも似た光景は、郁と共に訪れた八重椿《やえつばき》寺を思い出させた。

今を盛りと咲き誇る八重椿。降り積もる、緋色《ひいろ》の花びら。

『…わたくしの大切な御方が、たいそう椿の花がお好きなのです』

郁は、愛しい男に…麗皓にあの椿の枝を渡せたのだろうか。胸に秘めた思いを、伝えられたのだろうか。

哀しい亡骸《なきがら》を抱いたまま、麗皓は長い睫毛《まつげ》に縁取られたまぶたをしばたたく。その奥の瞳には、何の感情も…少なくとも悲哀や憐憫《れんびん》は浮かんでいない。

「郁姫様をご存知とは…。もしや、町で出逢ったたいそう親切な殿方とは、上様でいらっしゃいましたか」

「…姫…、だと…？」

「こちらは郁姫様。佐津間藩主・志満津隆義公の、妹姫様でいらっしゃいます。…我が紫藤家の養女となられ、上様のご側室に上がられるはずでございました」

「――――！」

光彬と純皓の息を呑む音が重なった。

……そういうこと……、だったのか。

輿入れすれば、二度と出歩くことは叶わない。だからその前に思い切って抜け出したのだと、郁は言っていた。縁談を決めたのは兄だとも。

――大奥に入るよう、郁は隆義に命じられたのだ。

隆義には数多の兄弟姉妹が居るが、正室腹の子は隆義一人だけだと聞いた覚えがある。側室腹の子女は嫡男《ちゃくなん》の忠実な家臣となるよう育てられ、身分の低い側室から生まれた子ども…特に女子は、下僕のように扱われるのだと。

もともと武家では男子が尊《とうと》ばれ、女子は軽んじられる傾向があるが、西海道のそれは恵渡の比ではない。

形見だと言っていた簪《かんざし》からして、郁の生母はあまり身分が高くなかったはずだ。嫡男であり当主でもある長兄に命じられれば、とても逆らえなかっただろう。大奥に入るのも、……そのために愛しい男の義妹《いもうと》になるのも。

だが——命まで奪われていいなんて、思ったわけがない……！

「…何故、姫を殺した。その姫はお前たちの大切な手駒《てごま》のはずだろう」

光彬の背を支え、純皓が低く詰問《きつもん》する。城下での出来事は話していないが、夫と郁に関わりがあったことを察したのだろう。

「大切な手駒だから、殺したのだよ」

「…、何を言って…」

「考えなさい。…お前なら、すぐにわかるようになるだろうから」

出来の悪い教え子を諭《さと》すように言い、麗皓は光彬に眼差しを移した。見た目通りの貴公子ではないと純皓から聞かされてはいたが、麗皓の本質を光彬が悟《さと》ったのは、この瞬間だったかもしれない。

……闇だ。どんな光も届かない、深淵《しんえん》の闇……。

「上様はやはり、武家の棟梁《とうりょう》でいらっしゃる。精鋭を集めたつもりでしたが、これほど早く彼らを成敗《せいばい》し、ここまでたどり着かれるとは思いませんでした」

どくん、と心の臓が跳ねた。

…何を言い出すのだ、この男は。それでは…、それではまるで…。

「…おかげで彼らに殺される前に姫様が逃げ込んできてしまい、私が姫様に手を下さざるを得なくなってしまった。せめて何も知らぬまま、逝《い》かせて差し上げたかったのに」

「お前が…、…お前が玉兎に、あの者たちを操らせたのか」

ぶれていた視界がすっと定まった。光彬を支えていてくれた純皓が静かに離れていったのは、夫の決意を感じ取ったからなのか。

「玉兎に俺たちの動向を監視させ、…俺たちがここに忍び込んでくると知るや、あの者たちをけしかけさせたのか。廣橋や警護の者たち…郁姫まで巻き込んで、何がしたかったのだ」

あの武士たちを玉兎に操らせたのも、廣橋を殺させたのも、郁を手にかけたのも間違い無く麗皓の仕業なのに、一番肝心なことだけがいっこうに見えてこない。麗皓は何のために、こんな真似をしたのか。まるでよどんだ底無し沼に潜《もぐ》っているかのように。…だが、一つだけ確かなことがある。

……絶対に、許さん。

どのような意図があっても。やむを得ぬ事情が隠れていたとしても。

想い人に捧《ささ》げる椿の花を手に入れた郁は、喜びに輝いていた。武士たちに襲われた時も、麗

皓なら助けてくれると信じ、逃げ込んできたのだろう。その男に命を奪われるとも知らずに。……無垢《むく》な恋心を、純粋な信頼を裏切り、踏みにじるなど、玉兎《かみ》が認めようと、俺は許さん……！

光彬は金龍王丸を抜き放ち、何人斬っても曇《くも》らぬ澄んだ切っ先を麗皓に向ける。将軍の威厳と宝刀の輝きが重なり、増幅し合い、誰もがひれ伏さずにはいられなくなる霊気をほとばしらせる。

「――答えよ！　紫藤麗皓！」

「……く、……」

初めて動揺を露《あら》わにし、麗皓はとっさに両目を掌で覆った。支え切れなくなった郁の骸が、どさりと畳に投げ出される。

「く…、…く、くっ……」

「…麗皓？」

泣いているのかと思った。今さらながら己の罪を自覚し、良心の呵責《かしゃく》に耐え切れず嗚咽《おえつ》しているのかと。

だが、麗皓が血まみれの掌をどけると……現れたのは、鮮血に彩られた無邪気な笑顔だ。

「く…、くくっ、ふふっ」

麗皓ではない。麗皓は絶対に、こんなふうには笑わない。光彬の直感を肯定するように、金龍王丸がぶるりと震える。

「ああ…、善《よ》い。目障《めざわ》りな妖刀崩れのみならず、恵渡城より動かぬ宝刀まで味方につけるとは。やはりそなたじゃ…彦十郎の孫。そなたさえ居れば、私は…」

「…お前、玉兎か⁉」

驚きの声を上げる純皓に、麗皓は…否、玉兎は一瞥《いちべつ》もくれなかった。その瞳に映るのは、光彬だけだ。

……いや、そうじゃない。玉兎は俺も見ていない。

麗皓の肉体を借りた神が見詰めているのは光彬ではなく、その肉体に受け継いだ彦十郎の血と面影だけ。そんな気がする。

「玉兎…、お前、どうして麗皓などと…」

「我が望みを叶えるためじゃ。決まっておろう？」

郁の骸を見下ろし、玉兎はにっこりと唇を吊り上げた。優雅で無邪気で、そして残酷な笑みに、光彬のみならず純皓までもが息を呑む。

「もうすぐ、望みは叶う。楽しみじゃ…、楽しみじゃのう……」

あは、あはははは、くす、くすくすっ。

楽しげな笑い声をたてる口とは反対に、その両目は少しずつ閉ざされていく。まるで口と目を別々の誰かが動かしているかのようだ。

やがて両目が完全に閉ざされると、血まみれの直衣を纏った身体はくたくたと畳にくずおれた。麗皓に戻ったのか、まだ玉兎なのか？　迷う光彬に、宝刀の声が告げる。

――ご主君。そろそろこちらを離れた方がよろしいかと。

「どうした？」

――母屋から渡ってきた僧が、骸を見付け、母屋に取って返しました。人を呼んでくるものと思われまする。

「……っ！」

「光彬？　…何があった？」

訝《いぶか》しげに問う純皓には、金龍王丸の声は届いていない。聞いたばかりの警告を伝えてやれば、眉間にきゅっと皺《しわ》を寄せた。

「…まずいな。この状況で見付かったら、俺たちが咎人《とがにん》にされかねない」

「武家伝奏一行と、佐津間の姫まで逗留しているんだ。おそらく城にも急使が遣わされただろう。すぐに大目付《おおめつけ》が軍を率いて駆け付けるぞ」

大目付の松波備中守《まつなみびっちゅうのかみ》は光彬の顔を知っている。武家伝奏と佐津間の郁姫の惨殺《ざんさつ》された現場に将軍が居合わせたら、波乱を生じるのは必至だ。郁の骸を捨て置くのも、玉兎と組んでいるのが明らかになった麗皓を置いていくのも不本意ではあるが…。

「仕方無い。……退《ひ》くぞ」

言うと同時に廊下へ駆け出した純皓に、光彬も続いた。人目につかぬよう脱出するのは、郁や麗皓を担《かつ》いだ状態では不可能だとわかっている。

──楽しみじゃ…、楽しみじゃのう……。

濃厚な血の匂いはどんどん遠ざかっていくのに、無邪気な笑い声はいつまでも耳に纏《まと》わりついて消えなかった。

光彬と純皓が離れから脱出し、しばらく経った後──。

「……はあ。神というモノは、全く人使いの荒い……」

左胸を押さえながら、麗皓はまぶたを開けた。

玉兎にこの身を貸すのは初めてではないが、何度経験しても妙な感覚だ。突然目の前が真っ暗になり、意識を強引にむしり取られる。玉兎が去るまでの間、自分の意志では指一本動かせないが、何が起きているのかはぼんやりと感じられるのだ。

だからちゃんと覚えている。計画を成功させた玉兎がどれほど喜び、はしゃいでいたか。

……可哀想に。

神の愛は呪いと同じだ。加減を全く知らない幼子《おさなご》のような神に一方的に愛され、執着されたあの若く英邁《えいまい》な将軍の末路《まつろ》は、きっと明るくはない。

けれど玉兎は、それでじゅうぶん満足なのだろう。あの神が望むのは、光彬に崇《あが》められることでも信奉《しんぽう》されることでも、感謝されることですらない。光彬の祖父である彦十郎の血を、万代《ばんだい》に受け継がせることだけなのだから。

見返りを求めない愛情は強い。麗皓はよく知っている。御台所たる純皓ただ一人を伴侶と定め、その掌に陽ノ本の民の命を乗せた光彬では、とうてい抗《あらが》い切れまい。

「……だ！　急げ！」

「大納言《だいなごん》様は？　一刻も早くお助けせねば…！」

遠くから大勢の足音と喚声《かんせい》が近付いてくる。

嘆息《たんそく》しながら上体を起こし、麗皓は倒れ伏す郁の乱れた裾《すそ》を直してやった。あと少しすれば母屋の僧侶たちが駆け付け、半刻ほどで幕府の軍も到着するだろう。無遠慮な男たちの目にうら若い娘の肌を晒《さら》すのは、いくら命無き骸でも憐れというものだ。

『…紫藤様は、優しい御方なのですね』

二年ほど前――出逢ったばかりの頃の郁が、ふいに思い浮かんだ。血縁を将軍の側室に送り込むと決断した隆義は、国元の佐津間より妹姫をはるばる恵渡藩邸まで呼び寄せたのだ。

数多居る異母姉妹の中から郁が選ばれたのは、器量を見込まれたのではなく、生母の身分が低く、後ろ盾《だて》になる親族も居なかったからに過ぎない。台所女中だったという生母もすでに亡くなっている。

どう扱おうと、どこからも文句の出ない姫。それが郁という少女だった。

藩主の妹として、表向きは丁重に扱われていた。だがその裏側では、雅《みやび》も解《かい》さぬ田舎育ちの姫よと女中たちにすら侮《あなど》られ、最低限の世話以外ではまともに口もきいてもらえない有様だったのだ。唯一の肉親であるはずの兄も、家族としての愛情など与えてはくれない。…庭園の片隅に隠れて泣いているのを偶然見かけた時、つい話しかけてしまったのは、郁の境遇があの人に似ていたせいだろう。

時折、顔を合わせれば佐津間での思い出を聞いてやったり、せがまれて都の話をしてやった。二人の関わりといえばそれくらいだが、初心《うぶ》で寂しい少女の心に恋を育てるにはじゅうぶんだったらしい。

郁に対し、麗皓は駒以上の感情を抱いたことは無い。あの人が逝った日、麗皓の心もまた道連れにされてしまった。

だが、あの時。

『こっそり町に出て、評判の八重椿寺で頂いてきたのです。親切な御方が助けて下さって…』

…頬を染めた郁が、自《みずか》ら捜し回って手に入れた椿の花を愛おしそうに差し出してきた、あの時。

いつもなら椿の花を見れば必ず頭を過《よ》ぎる光景は、浮かんではこなかった。美しさでも気品でもあの人には遠く及ばぬはずのあどけない顔が、何故かひどく眩《まぶ》しかった。

あの時、かすかに胸を震わせた甘い感情は――。

「う…っ、うわああああっ！　大納言様、大納言様がぁっ！」

隣の間で悲鳴が上がった。廣橋の無惨《むざん》な骸が発見されたのだ。間も無く、ここにも大勢が駆け込んでくるだろう。

感傷めいた思いを断ち切り、麗皓は郁の骸から短刀を引き抜いた。座敷の奥にある押し入れに身を潜《ひそ》め、紅く染まった刃を左肩に勢い良く突き刺す。

「……ぐ、…っ…」

激痛ごと悲鳴を呑み込み、畳に倒れた。麗皓だけが無傷ではさすがに怪しまれる。これは当然負うべき傷だった。

遠のいていく意識のさらに向こうで、あの人が微笑んでいる。麗皓の宿願《しゅくがん》が叶う日が訪れたことを、喜んでいてくれるのだろう。

……待っていておくれ。もうすぐだ。もうすぐだよ。

「……椿……」


武家伝奏一行の滞在する寺院が何者かに襲撃され、多くの犠牲者を出した二日後。

恵渡城表の白書院《しろしょいん》には、老中《ろうじゅう》の常盤主殿頭を初めとした幕閣《ばっかく》の中枢が集結していた。上座の将軍の左右に分かれて座す彼らは一様に苦々しい面持ちで、はるか下座《しもざ》に平伏《へいふく》する男を睨み付けている。緊張と重圧のあまり口もきけないその男は、新番頭《ばんがしら》…将軍の常備戦力である新番たちの頂点に立つ司令官だ。

「……もう一度聞くが、報告に誤りは無いのだな？」

「間違いございませぬ。……二日前、かの寺院を襲撃したのは我が配下の者どもでございました……！」

主殿頭のおごそかな問いに、新番頭はわななく全身から声を絞り出した。わずかな希望も潰《つい》えた重臣たちはいっせいに嘆息《たんそく》し、天を仰《あお》ぐ。

「何ということだ…。このような不始末、幕府始まって以来であるぞ。神君光嘉公に申し訳が立たぬ」

「御台所様の兄君だけでも助かったのは不幸中の幸いだが、大納言様と佐津間の姫までもが犠牲になるとは…」

――二日前。

麗皓の肉体越しに玉兎と遭遇し、光彬たちが不本意ながらも恵渡城に帰り着くと、予想通り大目付・松波備中守の軍勢が城を発《た》ったところだった。

半刻《はんとき》も経たず取って返した備中守は将軍に緊急の目通りを求め、驚くべき情報をもたらす。恵渡城の大手門《おおてもん》をくぐろうとした時、転がるように駆け付けてきた新番頭に助けを求められたというのだ。

新番頭によれば、配下の組頭《くみがしら》の一人が二十人近い番士たちと共にこつ然と組屋敷から消え失せてしまったそうだ。旗本たる者、いつ将軍の召集があっても応じられるよう、無許可での外泊はご法度《はっと》である。新番頭は手勢を総動員して捜し回ったが、一人として見付からない。

そこで恥を忍び、旧知の仲である備中守を頼ったのだ。大目付の軍勢を秘密裏に借り受けられれば、行方不明になった配下たちを朝までに捜し出せるかもしれない。

備中守のもとにはすでに先行させた配下からの報告が届いており、寺院を襲撃したのがれっきとした武士であるらしいことはこの時点で把握していた。消えた番士たちの存在と結び付けたのは、大名たちに睨みを利かせる大目付の面目躍如《めんもくやくじょ》と言えるだろう。

備中守は新番頭を伴い、寺院に急行した。そして離れに累々《るいるい》と横たわる骸を検分させた結果、彼らは行方不明となっている組頭と番士たちであると判明したのだ。

光彬と共にその一報を受けた幕閣は、大混乱に陥《おちい》った。新番組は将軍直属の精鋭部隊であり、泰平の世にあって鍛錬《たんれん》を欠かさぬ猛者《もさ》揃いである。先だっての武芸上覧でも、多くの番士が将軍の御前で武芸を披露する栄誉に与《あずか》った。いざ再び戦が勃発《ぼっぱつ》すれば、真っ先に戦地へ送り込まれ、最前線で勇猛果敢に戦うべき者たちなのだ。

武士としての模範意識も極めて高いはずの彼らが、帝が遣わした使者を襲撃し、あまつさえ惨殺する。もはや誰も庇《かば》いだての出来ない暴挙、いや大罪《たいざい》であった。

彼らがすでにもの言わぬ骸と成り果てているのも問題だ。生きていれば磔《はりつけ》の上で火あぶりにでも処し、可能な限り惨《むご》たらしく処刑することで、朝廷や佐津間藩――殺された廣橋や郁姫の遺族の溜飲《りゅういん》を少しでも下げられたかもしれないのに。

幕閣が翌朝、改めて骸を検《あらた》めるよう新番頭に命じたのは、夜中に起きた凶事ゆえ間違いがあるかもしれないから…いや、間違いであって欲しかったからだろう。

離れの館で生き残ったのは、御台所の異母兄である麗皓だけ。他は警護の武士や下働きの小僧に至るまで、ことごとく殺されてしまっていた。これだけでも申し開きのしようの無い大失態だ。せめて咎人が幕府とは関わりの無い者であって欲しいと、誰もが切実に願ったはずである。

だが彼らの願いは、すぐに打ち砕かれてしまった。朝日が昇るのを待って寺院の中庭に並べられた骸は、紛れも無く行方不明の番士たちのものだったのだ。念のため密かに家族を呼び寄せて確認させたが、間違いは無かったという。

その一報がもたらされてもなお、常盤主殿頭や町奉行《まちぶぎょう》小谷掃部頭《こたにかもんのかみ》のように頭を切り替える者と同じくらい、頑《かたく》なに信じようとしない幕閣は多かった。しかし、新番頭本人がこうして証言した以上、受け容れざるを得ないだろう。配下たちの許されざる失態を認めてしまえば、新番頭は責任を取っての切腹を免れないのだから。

「…しかし、番士どもを討ったのは誰でござろうか。備中守の報告では、幕府から遣わした警護の者どもも殺されておったそうだが」

消沈しきった新番頭が下がってしまうと、老中の一人が首をひねった。彼らを討ったのは光彬と純皓だが、真実を告げるわけにはいかない。

どうごまかしたものかと焦っていると、松波備中守が口を開いた。行きがかり上、今回の事件の捜査はこの男が主導している。

「生き残った紫藤様によれば、警護の者どもと相討《あいう》ちとなったのではないかと。番士どもが襲いかかってきた時、警護の一人が機転を利かせ、紫藤様を押し入れに隠したそうにございまする。おかげで紫藤様は手傷を負いつつも助かりましたが、不逞《ふてい》の賊を追い払わんと出て行った警護の者はついぞ戻らなかったと…」

「何と…、そうであったか」

臣下たちの間に安堵が広がっていくのを、光彬は内心苦い思いで眺めていた。

麗皓の生還に幕臣が一役買ったのは、幕府にとって数少ない有利な事実だ。今後の朝廷と佐津間藩との交渉において、わずかながらも役に立ってくれるだろう。光彬たちがあの場に居合わせた事実が露見《ろけん》する恐れは、完全になくなった。

……これが、麗皓の遣り口か。

おそらく麗皓は光彬たちが去った後で目を覚まし、押し入れに潜んで自《みずか》ら傷を作ったのだろう。己も被害者であると装《よそお》いつつ、幕府に恩を売ったのだ。万が一にも、唯一の生き残りである麗皓が事件に関わっているのではないかと疑う者は出ないだろう。麗皓こそが、あの惨劇の本当の首謀者だというのに。

金龍王丸は、番士たちが玉兎の力を与えられていると言っていた。新番として元々高い武力の主《ぬし》だったのに玉兎の力が加わったからこそ、光彬と純皓はあれほど苦戦したのだ。

そして玉兎と麗皓は手を組んでいた。己の願いを叶えるため、玉兎に操られた番士たちに廣橋や郁を殺させた。

……ならば麗皓の庇護者である隆義も、おそらくは……。

「――待て！　待たれよ！」

「それ以上はいけませぬ、左近衛少将様。何のお許しも無く進めば、きついお咎《とが》めを受けましょうぞ…！」

備中守が報告を続けようとした時、廊下側の襖の向こうがにわかに騒がしくなった。

表で働く何人もの幕臣たちの悲鳴と、殿中《でんちゅう》にあるまじき荒々しい足音。主殿頭や備中守たちが目付きを鋭くし、腰の小《ちい》さ刀《がたな》に手をかけた直後、ばんっと襖が吹き飛ばされそうな勢いで開け放たれる。

「――これはこれは各々《おのおの》がた。お揃いのようで何よりでござる」

にいっと獲物を前にした猛獣の笑みを浮かべたのは、今まさに光彬が思い描いていた男――佐津間藩主、志満津隆義だった。

丸に十字の家紋入りの裃《かみしも》を纏《まと》い、胸を張る長身の足元には、頬を真っ赤に腫《は》らし、失神した警護番たちが倒れている。誰の仕業かは問うまでもない。

「ひ、…控えよ、左近衛少将！」

「白書院に入れるのは、上様のお許しを得た者のみ。しかも警護番に手を上げるなど、何と野蛮な…！」

下座の老中たちが、目を剝いて叱りつけた。五人居る老中の中では下位といえど、幕政を左右する権力の主たちに、隆義は太い片眉を器用に吊り上げてみせる。

「野蛮？　事件の当事者の行く手を阻《はば》もうとした不埒者《ふらちもの》を、黙らせただけにござる。どこぞの番士どものように、武器も持たぬ若い娘を殺《あや》めたわけではござらん」

「……う、ぅうっ……」

そう指摘されてしまえば、いかな老中でも黙るしかない。凶行に手を染めた番士たちは末端とはいえ幕臣であり、ここに居るのは幕臣の頂点に立つ者たち。そして隆義は幕臣に殺された郁姫の兄なのだ。

「左近衛少将。貴殿の言い分もわからぬではないが、いかに亡くなった姫君の兄といえど乱暴が過ぎる。畏《おそ》れ多くも上様の御前であるぞ」

険《けわ》しい顔で警告するのは、今まで無言に徹していた門脇だ。

中奥で留守を守っていたこの乳兄弟には、事件の真相を教えてある。だが多忙な上、城の外に役宅を構える主殿頭や祐正《すけただ》たちは中奥に呼び出すだけの時間が取れなかった。この後主殿頭たちだけを中奥に招き、腹を割って話し合うつもりだったのだが、まさか先に隆義と対面することになろうとは。

……嫌な気分だ。まるで、ぬかるみに足を取られてしまったような……。

この期《ご》に及んではもはや玉兎の存在を秘匿《ひとく》するつもりは無いし、主殿頭たちなら良い知恵を出してくれるはずだが、何もかもが後手《ごて》に回ってしまっている。麗皓に乗り移った玉兎の無邪気な笑い声が、頭の奥にこだまする。

「お言葉ではございますが、御側用人様。上様の御前だからこそ、こうして参上した次第にございまする」

「何……？」

「畏れながら、上様。お伺いしてもよろしゅうございましょうか」

ひざまずいた隆義が申し出ると、白書院の空気は凍り付いた。

将軍の御前会議で発言が許されるのは、老中や側用人のように幕府での役職を与えられた者だけだ。無役《むやく》の大名が光彬の御前に上がっただけでも許しがたいのに、この恐れを知らぬ物言い。郁姫の一件が無ければ、大藩《たいはん》の藩主であろうとつまみ出され、厳罰を与えられているところだ。

光彬は組んでいた腕を解き、頷いた。相手の不意を突くのは兵法《へいほう》の常だが、それだけで勝てるほど甘くはないと思い知らせてやらなければならないだろう。

「よかろう。近《ちこ》う寄れ」

「――ありがたき幸せ。恐悦至極《きょうえつしごく》に存じまする」

隆義は書院の中に進み、光彬から大人二人分の背丈ほど離れた正面で再びひざまずいた。たとえ隆義が光彬に襲いかかっても一飛びでは届かず、左右の臣下たちが容易に取り押さえられるが、互いの表情ははっきり見える絶妙な距離だ。

「ご存知の通り私は田舎大名ゆえ、回りくどい物言いは苦手にございます。ゆえに単刀直入にお伺いいたしまするが――上様。こたびの一件は新番組の番士どもが乱心の上、凶行に及んだものと聞いております。…これは、まことでございましょうか」

「…何がおっしゃりたい、左近衛少将。我が報告を疑われるか」

松波備中守が理知的な顔に怒気《どき》を滲ませた。捜査の指揮官として佐津間藩の恵渡藩邸に赴《おもむ》き、事件の概要を説明したのは備中守なのだ。

番士たちが寺院を襲撃した理由は、乱心ということになっている。彼らの背景をいくら洗っても凶行に駆り立てるような要素は出て来なかったし、玉兎の存在を公《おおやけ》にするわけにはいかない以上、どんなに無理があってもそうするしかなかったのだ。

「とんでもない。私はただ、思うただけでございまする。…かの番士どもは上様のお心を慮《おもんぱか》ったがゆえ、乱心を装って我が妹を惨《むご》たらしく殺したのではないかと」

その瞬間、ぶわりと書院じゅうに広がった家臣たちの殺気を、光彬は片手を挙げて押しとどめた。今にも隆義に殴りかかりそうな門脇にも、堪《こら》えろと重ねて首を振ってみせる。

「――左近衛少将よ。妹姫のことはまことに残念であった。そなたが胸を痛めるのは余《よ》も理解出来るし、いずれ全ての取り調べが済んだあかつきには、結果に応じて佐津間にも償《つぐな》いをせねばならぬと考えておる。…だが、かの番士どもが乱心を装って妹姫を殺めたとは、いかなる理由があっての意見か」

「…畏れながら上様は、御台所様とたいそう仲睦《むつ》まじいご夫婦でいらっしゃる。武芸上覧では、お二人は比翼《ひよく》の鳥とも連理《れんり》の枝ともお見受けし、私も感動いたしました」

だったらどうして俺の前で妹を側室にしてくれなんて言い出したんだよ、と純皓なら般若《はんにゃ》の形相《ぎょうそう》になっただろう。射殺さんばかりに隆義を睨み付ける家臣たちも、胸の内は同じはずだ。

「されど、それだけに疑問を抱かずにはおれませぬ。同じように上様と御台所様の仲睦まじさに感動したあの番士どもが、お二人に割って入ろうとする我が妹を排除しようと目論《もくろ》んだのではないか……と」

「左近衛少将、そなた…」

「あるいは……上様もあやつらの意図をご存知だったのではないか、とも……」

堂々と言い放った隆義に、光彬はいっそ感心してしまった。一人の味方も居ないのに、よくぞ幕臣たちの火を噴きそうな殺意と憤怒《ふんぬ》の中、平然としていられるものだ。

生来の胆《きも》の太さの賜物《たまもの》か――はたまた今のこの状況こそが、隆義の望んだものだったからなのか…。

「…まるで上様が番士たちに命じ、妹姫を殺させたかのようなおっしゃりようですな。あらぬ疑いを持たれるのも、いい加減になさっては如何《いかが》か？」

末座《まつざ》から忠告したのは、南町奉行の小谷掃部頭祐正だ。己が旗本であるため、大名の隆義に対しては物言いこそ丁寧だが、その眼差しは白洲《しらす》で罪人を裁く時よりもなお冷たい。

「――あらぬ疑い？」

これまでどこか芝居がかっていた隆義の声から、神妙さが一気に抜け落ちた。

「その言葉、そっくりお返しいたそう。旧饒肥藩のかどわかしに我ら西海道諸藩までもが関与したと決め付け、ありもせぬ証拠を血眼《ちまなこ》になって探しておるのは、幕府ではないか」

「こたびの一件と旧饒肥藩のかどわかしに、関係はございますまい」

「いや、ございまする。…貴殿らは我ら西海道の諸藩を、とりわけ我が佐津間藩を危険視し、あわよくば取り潰そうと考えておられまする。違いますかな？　主殿頭」

生気と闘志の漲《みなぎ》る隆義の眼差しと、主殿頭の老練《ろうれん》なそれが不可視《ふかし》の刃と化してぶつかり合い、火花を散らした。

「我らが危険視しているのではない。そなたたちが我らに危ぶまれるような真似ばかりしておるのだ。…神君光嘉公の御代《みよ》よりずっと、変わらずにな」

——お前とて、しょせんは神君光嘉公を弑《しい》そうとした初代佐津間藩主の末裔《まつえい》だろう。

言外の痛烈な批判に、隆義は憤《いきどお》りのまま反論しかけ…ぐっと拳を握り締める。

……何だ？　一瞬で怒気が鎮まった……？

「お言葉ながら、ご老中。それこそ我が妹の一件には、関係無きことにございましょう。私が今日こうして推参《すいさん》いたしたのは、私の…いえ、我が佐津間藩の意志を上様にお伝えしたかったからにございまするる」

「佐津間藩の、意志だと…？」

隆義は頷き、居住まいを正した。座していても小山の如き圧迫感を放つ巨躯《きょく》に、誰からともなく息を呑む。

「我らは幕府が佐津間藩を危ぶむがあまり、我が妹郁姫の側室入りを疎《うと》んじ、乱心を装って番士どもに寺院を襲撃させた。そして郁姫のみならず、この私に御衣を下賜《かし》された大納言様や、姫を養女に迎え入れて下さった紫藤家の麗皓どのまで殺そうとした。……そう考えておりまする」

「なっ…」

「何と愚かなことを！　左近衛少将、そなたは幕府に…上様に歯向かうつもりか⁉」

糾弾《きゅうだん》する下座の老中たちを、隆義はぎろりとねめつけた。驚愕のあまり腰を浮かせかけていた彼らは、恰幅《かっぷく》のいい身体をふらふらと畳に沈める。

「――貴殿らのご判断によっては、それも致し方ございますまい」

隆義の宣言は、書院に立ち込めていた殺気に炎を放った。

主殿頭は慧眼《けいがん》と称《たた》えられる瞳の奥に刃の光を宿らせ、門脇は腰の小さ刀の鯉口を切り、祐正は罪人を震え上がらせる眼差しを凍り付かせる。無言で成り行きを見守っていた松波備中守や隆義に気圧《けお》されかけていた下座の老中たち、光彬の背後に控える小姓の彦之進《ひこのしん》さえ、全身から殺意を発散させる。

こともあろうに、隆義は将軍の前で謀反《むほん》を宣告したのだ。将軍を支える重臣たちにとっては、ただちに排除しなければならない障害と化したのである。

「……上様。この愚か者を成敗せよと、それがしにお命じ下さい。仁慈《じんじ》に満ちた上様のお心を踏みにじる物言いだけでも許しがたいのに、謀反とは…生かしておけば、泰平の世を揺るがす災厄の源になりましょうぞ！」

鯉口を切ったまま片膝を立て、門脇が乞うた。

何があろうと殿中で刀を抜くは大罪。その場で斬り捨てられても文句は言えないのに、幕政を司《つかさど》る重臣たちの誰も咎めようとしない。主殿頭を除く老中たちはよく言ったとばかりに頷き、祐正や備中守などは自らも加勢しようとしている。

彼ら全員が口裏を合わせれば、門脇が隆義を殺しても、事件は闇に葬《ほうむ》られるだろう。隆義は殿中で頓死《とんし》したとされ、佐津間藩がどれだけ抗議しようと真相究明はされない。いや、隆義の方が乱心して光彬に襲いかかり、門脇が光彬を守るために成敗した、と事実を曲げることも出来る。主殿頭などはそれを狙っているのかもしれない。

己が絶体絶命の窮地に陥りかけていることは、隆義とて当然承知している。

「…申し上げておきまするが、もしも私が恵渡城から骸となって帰った場合は旧饒肥藩に派遣中の調査団を襲撃するよう、国元の家臣どもに命じてございまする」

「っ…、人質を取ると申すか！　武士の風上にも置けぬ、怯懦《きょうだ》な振る舞いを…」

「ありもせぬ嫌疑《けんぎ》をかけるために派遣された調査団と、一人で上様の忠臣たちに立ち向かう私と。どちらが怯懦だと、世の者たちは申しますかな？」

そこで門脇が反論しなかったのは、今の情勢を理解しているからだ。

将軍家ゆかりの寺院が襲撃され、武家伝奏一行ばかりか、たまたま滞在中だった郁姫までもが犠牲になったことは、すでに諸大名の知るところとなっている。

これだけの大事件だ。いかに緘口令《かんこうれい》を布《し》いたとて、恵渡の隅々にまで人脈を行き渡らせている大名たちに隠し通せるわけがない。咎人が新番組番士たちだということも。

武芸上覧以降、隆義に対する認識を新たにしつつあった諸大名の心は、妹姫を幕臣に殺されたことによって一気に同情へと傾いた。この状況下において隆義が死を遂げれば、彼らはきっと幕府の陰謀を疑うだろう。

小袖の袂《たもと》をひるがえし、光彬は右手を突き出した。

「…鎮まれ、小兵衛。皆の者も。左近衛少将に手出しをすることは、余が許さぬ」

「……っ、……」

食い下がりそうになるのを呑み込み、門脇は小さ刀を鞘《さや》に戻した。祐正と備中守も門脇に倣《なら》い、他の老中たちも殺気を収める。

「そのご器量、さすが上様でいらっしゃいまする」

一気に和《やわ》らいだ空気の中、隆義は我が意を得たりとばかりに胸を反《そ》らした。

「左近衛少将よ。余からも一つ尋ねたいが、良いか？」

「むろんにございまする。いかなるご下問《かもん》にもお答えいたしましょうぞ」

自信たっぷりに請け合う隆義は、どうやら己が致命的な過《あやま》ちを犯したことにまだ気付いていないらしい。あるいは予想以上にことが上手く運び、気が緩んでしまったのか。

「そなたは先ほど言ったな。自分が恵渡城から骸となって帰った場合は、旧饒肥藩に派遣中の調査団を襲撃するよう国元の家臣に命じたと。……妙な話だ。恵渡から西海道の佐津間までは、海路《かいろ》を用いても五十日はかかる。番士どもが寺院を襲撃したのはつい二日前のことなのに、そなたはどうやって国元へ使者を送れたのだ？」

「あっ……」

声を上げたのは門脇だった。隆義は肩衣《かたぎぬ》を小さく揺らしただけだ。

だが、その瞳の奥の自信がかすかに弱まったのを見逃さず、光彬は追撃をかける。この時のため、防戦に徹していたのだ。

「空でも飛ばぬ限り、人の身ではたった二日で佐津間までたどり着くなど不可能だ。…左近衛少将よ。そなたはずっと前から、知っておったのではないか？　武家伝奏一行の滞在する寺院が番士たちに襲撃され、妹姫が犠牲になることを。…だからその前に、国元へ使者を送っておいたのではないか？」

「……上様ともあろう御方が、只人《ただびと》にて、突拍子《とっぴょうし》も無いことを仰せになる。かの惨劇を、私が知っておったと？　残念ながら私は只人にて、予知の力など持ち合わせてはおりませぬ」

「では、使者がたったの二日で佐津間に到着したことはどう説明する？」

「私の言い方が紛《まぎ》らわしかったようでございますな。使者を送ったのは昨日のことにて、まだ佐津間には到着しておりませぬ。御側用人様が恐ろしゅうて、つい話を盛ってしまい申した。お許し頂きとうございまする」

頭を下げる隆義に、重臣たちは呆れきった視線を向ける。あれだけ堂々と盾突《たてつ》いておいて、門脇が恐ろしいなどとどの口がほざくのか。

だが、光彬は会心《かいしん》の笑みを刻んだ。使者はまだ佐津間に到着していない。その言葉を引き出したかったのだ。

「左近衛少将。……これが何かわかるか？」

光彬は懐に隠し持っていたものを取り出し、指先でつまんでみせた。橙《だいだい》がかった赤色の、一寸（三センチ）ほどの木の実が何なのか、門脇たちにもわからないようで、首を傾げている。無理も無い。これは暖かい地方…陽ノ本では西海道の南部でしか生育しない植物なのだ。

隆義はごくりと喉を鳴らした。

「…蘇鉄《そてつ》の、実…」

「さすがに知っているか。そうであろうな。…この実はそなたの国元、佐津間藩の邸《やしき》の庭に植えられた蘇鉄の木から採《と》ったものだ」

「――――っ……！」

驚愕に言葉を失ったのは、隆義だけではない。

俗に、佐津間飛脚《ひきゃく》は片飛脚と言われている。精鋭の武士を大量に抱える佐津間藩が、潜入した他国の隠密《おんみつ》を必ず見付け出し、ことごとく生かしては帰さなかったことに由来する。

それだけ厳重に警戒されている佐津間の邸の庭から、光彬は蘇鉄の実を採ったという。将軍は恵渡から離れられないのだから、光彬自身が採ったのではないことは明白だ。

――では誰が？

そこに思い至らないほど、隆義は愚鈍《ぐどん》な男ではない。

「……御庭番が、我が邸に……？　いや、だがそのようなことが、まことに……？」

「信じられぬなら、国元の家臣に庭を確かめさせるが良い。一番大きな蘇鉄の木の根元に、将軍家の紋が入った笄《こうがい》が刺さっているはずだ。…さて、左近衛少将。その上でもう一度尋ねるが…そなたは、己が骸となって帰れば旧饒肥藩の調査団を襲撃せよと、昨日初めて国元に使者を遣わしたのだな？」

「う…、…ぐ、ぐぅっ…」

その通りだとは、決して認められまい。西海道にまでその暗躍ぶりが伝わる御庭番が、知らぬ間に佐津間の邸を監視していたのだ。恵渡藩邸もまた見張られていると考えるのが普通である。

彼らにかかれば使者の出入りも、携《たずさ》えてきた情報も筒抜けだ。昨日使者を遣わしたというのが急場しのぎの出任せなら、すぐさま露見《ろけん》してしまう。

……やはり、隆義も郁姫を巻き込むことに同意していたか。

隆義は麗皓の庇護者だ。麗皓が玉兎と結び付いたことも、その力を借りて寺院を襲撃させようと企《たくら》んだことも、知らないわけがない。薄々察してはいた。…でも。

喉奥からせり上がりかけたものを無理やり飲み下し、蘇鉄の実を懐に戻す光彬に、重臣たちの視線が集中する。

あの惨劇は麗皓と玉兎、そして隆義の共謀《きょうぼう》だったということは確かめられた。問題は、麗皓がそんな真似をした理由だが……動揺しきっている今なら、隆義に吐かせられるだろうか？

主殿頭が居る。門脇も祐正も備中守も…頼もしい家臣が居てくれる。

…そうだ、今なら――。

「も、……申し上げます！」

光彬がさらなる一撃を加えるために口を開いたのと、襖の向こうで焦燥《しょうそう》の滲んだ声が上がるのは同時だった。最も襖に近い祐正が自ら襖を開けてやると、交代したばかりの警護番が恐縮しきって頭《こうべ》を垂《た》れる。

「何事だ」

「たった今、武家伝奏様がおいでになりました。上様に至急のお目通りを願い出られておられまする…！」

――その瞬間。

隆義が『遅い』と呟いたのに気付いたのは、光彬だけだっただろう。男にしては厚めの唇に、不敵な笑みを滲ませたのにも。居並ぶ重臣たちの目は、警護番に釘付けだったから。

真っ先に我に返ったのは、主殿頭だった。

「武家伝奏、だと？　馬鹿な…廣橋大納言は、亡くなったではないか」

「だ、大納言様ではございませぬ。おいでになったのは…」

「――私でございます」

水を打ったように静まり返った書院に、典雅《てんが》な声は天上の楽《がく》の音《ね》のように響いた。

ふわりと直衣の袂を羽衣《はごろも》のごとくなびかせ、警護番の背後から現れた男は優雅にひざまずく。

肩の傷は浅くはないはずだが、なめらかな動きは傷の存在を微塵《みじん》も感じさせない。

狂い咲きの桜花を思わせる、その美貌も。深淵の闇を溶かしこんだ、その双眸も。愛しい妻と同じ位置にある、その黒子《ほくろ》も。何もかも、あの惨劇の夜と変わらない。唯一違うのは、純白の直衣が血を吸っていないことだけ。

「畏れ多くも帝より新たな武家伝奏に任じられました、紫藤麗皓にございまする。佐津間藩と幕府の紛争を仲裁《ちゅうさい》するため、まかりこしました」

「――なるほど、そういうことか…」

白書院《しろしょいん》での出来事を光彬《みつあき》から聞き終えると、純皓《すみひろ》は深い溜め息を吐いた。正座したその膝に頭を預け、行儀悪く寝転んでいるため、異母兄と同じ口元の黒子《ほくろ》がよく見える。

この体勢では正直話しづらいのだが、夜を待って大奥に渡ったとたん、問答無用で膝枕を提供されてしまったのだ。以前も同じようなことがあった。どうやら自分は、相当疲れきっているように見えたらしい。

いや、実際疲れていたのだろう。頭に妻の温《ぬく》もりを感じ、両の頬を掌《てのひら》で優しく挟み込まれるだけで、全身の強張《こわば》りが一気に抜けていったのだから。いかに昼間、緊張を強《し》いられていたかの証拠だ。

そのまま眠ってしまった方が、身体のためには良かったのだろう。純皓も止めなかったに違いない。

だが、白書院での一件を話さずに眠るわけにはいかなかった。この二日間、光彬は惨劇《さんげき》の対応に追われ、大奥に渡る余裕も無かったのである。共に寺院を脱出して以降、夫婦が顔を合わせるのはこれが初めてなのだ。大奥から公《おおやけ》には出られない純皓は、城表《しろおもて》の状況はどうなっているのかと気を揉《も》み続けただろう。

だから光彬は、疲労を押して白書院で起きた一部始終を説明したのだ。最初は夫を心配していた純皓も、話が進むにつれ美貌をどんどん引きつらせ、語り終えた時には一回りして無表情になっていた。

「まさかあの男が、綸旨《りんじ》を持っていたとは…」

綸旨とは、帝が直々に記《しる》した命令書のことである。

神君光嘉公《しんくんみつよし》が恵渡に幕府を開いて以降、朝廷は幕府の定めた諸法度《しょはっと》に従うことを余儀《よぎ》なくされていた。さらに都には西都所司代《せいとしょしだい》が置かれ、公家《くげ》や禁中《きんちゅう》に睨みを利かせる。何をするにしても幕府の理解という名の許可を得なければならない、窮屈極まりない境遇を強いられているのだ。

そんな状況下にあっても、朝廷における公家の官職の任命権だけは帝が握っている。原則として、幕府は口を挟めない。

麗皓《つぐひろ》が言うには、廣橋《ひろはし》たちが都を発《た》つ際、帝は麗皓を密かに召し出し、綸旨を授《さず》けたというのだ。もし万が一廣橋が務めを果たせなくなった場合、麗皓を臨時の武家伝奏《てんそう》に任じると。

純皓は前髪を悩ましげにかき上げた。

「綸旨の偽造は、高位公家であっても問答無用で斬首《ざんしゅ》だ。本物に間違いないだろう」

「しかし、いかに紫藤《しとう》家でも、そう簡単に賜《たまわ》れるものではあるまい。やはり…」

「ああ。…大納言が寺院で殺されるのを承知していて、右大臣から帝に働きかけさせたんだろうな」

新たな武家伝奏が任命された時期と、玉兎《ぎょくと》が織之助《おりのすけ》に乗り移って光彬の前に現れた後、行方をくらませた時期は一致する。

おそらく玉兎は光彬の前から消えた後、西の都に移動し、どうやってか麗皓と出逢ってしまったのだ。麗皓は玉兎の存在無しでも今回の計画を実行するつもりだっただろうが、思いがけず玉兎という奇貨《きか》を得て、計画は確実なものとなった…。

「佐津間《さつま》藩と幕府の紛争の仲裁《ちゅうさい》のために来た、か……まるで戦乱の世の再現だな」

薄闇の中ですら輝くほど美しい純皓の顔に、嘲《あざけ》りが浮かんだ。

まだ神君光嘉公が天下を統一する前、陽ノ本《ひのもと》の各地で様々な勢力が争いを繰り広げていた。そこへ朝廷はたびたび割って入り、双方の痛み分けとなるよう仲裁し、強引に争いを収めさせていたのだ。

苦しむ民を救うため――ではなく、朝廷の権威を見せ付け、仲裁の報酬をもぎ取るためである。何の実権も無くとも、朝廷は朝廷。千年以上の長きにわたり陽ノ本に君臨し続けてきた権威を、無視出来る者は居なかった。いわゆる『朝廷の御扱《おあつか》い』だ。

だが、朝廷の御扱いによっていったんは矛《ほこ》を収めても、対立し合う勢力は時が経てば再び争いを始める。結局はいたずらに紛争を長引かせるだけであった。朝廷としてはその都度仲裁に入って荒稼《あらかせ》ぎ出来るのだから、歓迎すべき事態だっただろうが、そうした朝廷の介入こそが戦乱の世を激化させる要因の一つだったことは明白だ。

だから神君光嘉公は幕府を開くと、朝廷から一切の実権を取り上げてしまったのだ。古い権力を振りかざすだけの無能など必要無いが、民の心の支えでもある朝廷を潰《つぶ》してしまうわけにもいかず、美々《びび》しい飾り人形として残した。

帝や公家はそれを不服に思いつつも反抗する力も無く、牙《きば》を抜かれ、飼い殺しにされてきた。だが彼らの心は、常に鬱憤《うっぷん》に満たされていただろう。本来は自分たちこそが陽ノ本の調停者であった。朝廷の御扱いには、誰も歯向かえなかったのに──と。

「戦乱の世の再現…。きっとそれこそが、麗皓の目的だろうな」

麗皓は『佐津間藩と幕府の紛争』と断言した。つまり朝廷は、郁《いく》姫殺害の一件において、佐津間藩と幕府が紛争状態に陥《おちい》ったと判断したのだ。

正確には、判断したのは麗皓だが、朝廷が否定することは無いだろう。むしろ積極的に認め、麗皓を支援するはずだ。佐津間藩と幕府が朝廷の仲裁によって和解すれば、それは朝廷の御扱いとなる。朝廷の権威が復活するのだ。

普通であれば、朝廷の御扱いなど幕府が受け容《い》れるわけがない。恵渡《えど》で起きた全ての事件は、幕府に裁《さば》く権利があるからだ。郁姫の死についてはそのまま番士たちが乱心の末に殺害したものとされ、佐津間藩がどれほどごねようと、結論はくつがえらないだろう。むろん、幕府の失態には違いないので、相応の償いをした上でだが。

しかし、寺院では廣橋が殺され、麗皓も負傷した。朝廷もまた当事者なのだ。帝の使者を守り切れなかった落ち度もある。少なくとも朝廷が当事者として交渉に参加してくることは、拒《こば》めないだろう。

「そしてさっそく提案したのが、お前が改めて佐津間の姫を側室として娶《めと》り、二人の間に生まれた子を世継ぎに立てることとは……」

やってくれる、と純皓は吐き捨てる。その頭の中には、光彬同様、かつての麗皓の宣言が浮かんでいるに違いない。

——だが、好むと好まざるとに関わらず、上様はいずれ必ず志満津《しまづ》の姫を娶らざるを得なくなる。

郁姫を、とは言わなかった。志満津の姫と言ったのだ。

隆義には数多《あまた》の異母姉妹が居る。郁姫より高貴で美しい未婚の姫も、何人も控えているに違いない。

彼女たちこそが本命だったのだ。…御庭番に探らせたところ、郁姫の生母は佐津間藩の邸で働いていた台所女中だという。大事の前の捨て駒とするには、ちょうど良かったのだろう。

仮にも血の繋がった妹姫を、己の野望の生贄《いけにえ》にする。実に隆義らしい。隆義らしいが…。

「……本当は、違っていて欲しかった」

隆義の前ではどうにか呑み込めた本音が口を突いた。髪を撫でてくれていた純皓の手が、ぴたりと止まる。

「光彬…」

「郁姫…郁どのとは、たまたま町に下りた際に出逢ったのだ。大切な御方が好きな椿《つばき》の花を手に入れるため、邸を抜け出したと…」

郁姫と共に八重椿寺に赴《おもむ》いたこと。椿を分けてもらえた郁姫が、とても喜んでいたこと。…郁姫の想い人が、麗皓であったこと。

つらつらと語っていると、目の前がふっと暗くなった。まぶたにほのかな温もり。純皓が掌で光彬の両目を覆ったのだ。

「もういい、光彬。…郁姫のことは、もう何も考えるな」

「…だが、姫が死んだのは俺のせいだ」

そう、光彬が郁姫を殺したようなものだ。あの無邪気で純粋な姫を。……想い人の本性も知らず、命を奪われた憐れな姫を。

「お前のせいじゃない。殺したのはあの男だ。勘違いするな。…いいか？」

純皓は語気を強めた。

「あの男は、お前がそうやって気に病むところまで見越してる。…あいつの前では、絶対に隙を見せるな。付け込まれるだけだ」

「…わかっている。わかっているんだが…」

「簡単には割り切れない、か」

はあ、と純皓は息を吐いた。さすがに呆れられただろうか。実の弟である純皓が唯一の家族だった異母兄をすでに見切ったのに、天下万民《ばんみん》を治めるべき将軍が、たった一人の娘のために心を痛めているなんて。

「…、…う、…んっ？」

無防備な唇に柔らかな感触が重なったかと思えば、濡れた舌がぬるりと入ってきた。油断しきっていた光彬のそれはあっさりとからめとられ、唾液ごと吸い上げられる。

……ああ、綺麗だな。

ぼやけゆく頭でそんなことを思い、両目を解放されていたことにようやく気付く。何をしていても…肉食の獣めいた表情で夫を貪《むさぼ》っていても、光彬の妻は美しい。

息が上がる寸前で顔を上げ、純皓は夫の濡れた唇をそっとなぞった。

「…郁姫は幸運だ。将軍の涙を手向《たむ》けられる娘なんて、そうそう居るもんじゃない。きっとあの世で喜んでいる」

「あ……」

染み入るような声音で言われて初めて、頬を伝う涙に気付いた。光彬を見下ろす瞳は、どこまでも優しい。

「姫を悼《いた》むのなら、もう二度とあの男にしてやられないことだ。…あの男は、病に侵《おか》されている。権勢欲という名の病にな。まともにぶつかれば、今回のように消耗《しょうもう》させられるだけだ」

「…純皓は、麗皓が権力を得るためだけにこたびの陰謀を企《たくら》んだと考えているのか？」

「それ以外ありえないだろう。郁姫と廣橋の死を利用し、自分が武家伝奏として幕府と佐津間藩を仲裁する。そして朝廷の御扱いが成立すれば、あの男は幕府においても朝廷においても大きな影響力を有《ゆう》することになる」

その上佐津間藩には恩を売りつけ、新たに紫藤家の養女となった姫が光彬の子を産めば、次代将軍の伯父となるのだ。暗愚《あんぐ》と評判の正室腹の長兄《ちょうけい》を押し退《の》け、紫藤家の家督《かとく》を継ぐことすら可能になるかもしれない。

数多の血を流し、身に余るほどの権力を追い求める。確かに、病に侵されているようなものかもしれないが…。

……病、か。そう言えば、あの番士たちも……。

ふと思い出すのは、御庭番たちのことだ。佐津間藩に潜入していた彼らが数日前、蘇鉄《そてつ》の実を持ち帰ってくれたおかげで、今日は隆義に反論出来た。

彼らはつい四半刻《しはんとき》ほど前、大奥に渡る直前にも現れ、一つの報告をもたらしたのだ。

『死んだ番士たちですが、全員、頭に腫《は》れ物が出来ておりました』

どこで学んだのか、御庭番たちは御典医《ごてんい》よりもはるかに高い医術の知識を有している。時には罪人の腑分《ふわ》けもするという彼らに、光彬は番士たちの骸を腑分けしてくれるよう命じておいたのだ。刃《やいば》を交えた時の、彼らの様子がずっと引っかかっていたからである。

異様に早い呼吸。血走った目。びっしりとかいていた汗。

金龍王丸《きんりゅうおうまる》は彼らが玉兎から力を与えられたと言っていたが、光彬には何らかの病に侵されているように見えたのだ。そしてその直感は正しかったらしい。

『腹に腫れ物が出来ると酷《ひど》い痛みと共に食事が取れなくなり、いずれ死に至りまする。されど頭の中に腫れ物が出来た場合は、出来た場所によってはその者の性格を一変させてしまうということも起こるのでございます』

穏やかな性格だった者が突然怒りやすくなったり、几帳面だった者がだらしなくなったり、物忘れが酷くなったりすることもあるという。

……あの番士たちにも、同じことが起きていたのではないだろうか？

武士の模範とも謳《うた》われていた彼らを狂乱させ、惨殺《ざんさつ》へと駆り立てたもの。それが彼らの頭の中に出来た、腫れ物だとしたら。武芸上覧《ぶげいじょうらん》で純皓を襲った岩井《いわい》の頭の中にも、同じく腫れ物が出来ていたとしたら。

玉兎は――病魔《びょうま》を自在に操ることが出来るのではないか……？

「…また何か、考え込んでいるな」

純皓はこめかみを指先で掻《か》くと、光彬を膝から下ろし、手妻《てづま》のような手並みで抱き上げた。そのまま敷かれていた褥《しとね》に横たえられ、すぐさま隣に滑り込んできた純皓の腕に閉じ込められる。

「おい、純皓…」

「もう休め。お前はじゅうぶんに力を尽くした。今日やれることはやりきったんだ。あとはまた明日から頑張ればいい」

「だが……」

口から出かけた反論は、純皓が両の脚を絡めてきたとたん、腹の底に沈んでいった。重なる素肌の熱に情欲より安堵を感じてしまうあたり、光彬に今一番必要なのは休息なのだろう。

「お休み、光彬」

「ああ。…お休み…、純皓…」

全身の力を抜けば、包み込んでくれる温もりに意識がとろとろと溶けていく。

——眠りの沼底に沈む間際、不思議な光景が浮かんだ。道ばたのさびれたほこらの前にしゃがみ、誰かが手を合わせている。記憶よりだいぶ若いが……あれは祖父の彦十郎《ひこじゅうろう》だ。ならばその背後で不思議そうに首を傾げている子どもは、幼き日の光彬か。

『…お祖父《じい》様、何をなさっているのですか？』

幼い光彬が尋ねると、彦十郎は肩越しに笑った。

『神様にお祈りをしているのだよ』

『…こんなところに、神様がおいでになるのですか？』

『神様はどこにでもいらっしゃるさ。何せ陽ノ本には八百万《やおよろず》の神々がおわすのだから』

お前もお祈りしなさいと促され、幼い光彬は素直に従った。祖父に倣《なら》って小さな手を合わせようとして、ふと疑問を抱く。

『お祖父様、こちらにはどんな神様が祀られているのですか?』

『…ああ、お前は知らぬか。もう何十年も前…恵渡を恐ろしい流行病《はやりやまい》が襲ったのだ』

全身に赤い瘡《かさ》を生じ、高熱に苦しみ抜いた末に命を落とすその病は疱瘡《ほうそう》と呼ばれ、怖れられた。一人が罹《かか》れば周囲の人々に瞬《また》く間に広まり、あたり一帯に骸の山を築いたのだそうだ。

人々はその猛威《もうい》を怖れるあまり、病を神に見立て、祭り上げた。神の怒りを和《やわ》らげ、病に罹らずに済むよう、罹っても軽く済むようにと祈ったのだ。このほこらも、当時あちこちに作られたものの一つだという。

『だが、疱瘡が収まれば、必死に祈っていた人々はぴたりと来なくなってしまったのだよ』

『こんなところにお一人では、神様もきっと寂しかったでしょうね』

思ったままを告げると、彦十郎は剣だこのある大きな手で光彬の頭を撫でてくれた。

『……そうだな。きっと、寂しくて寂しくてたまらなかったのだろうなあ』

沈みゆく夕日の紅い光に照らされた祖父の顔は悲しげで、誰かを懐かしんでいるようでもあった。


誰からも忘れ去られたほこらの中、かつて数多の人々の信仰を集めた神は笑う。投げ出した四肢《しし》を嬉しそうにばたつかせながら。

「ふふっ、くふふっ、あははっ…」

汚らわしい人間どもの中で唯一愛した彦十郎は、強靭《きょうじん》かつ清廉《せいれん》な魂の主《ぬし》だった。そんな彦十郎でも、老いと病には勝てなかった。それは人の定めではあるが、許せるはずもない。ならば人の定めを外れ、神の眷属《けんぞく》となればいつまでも生きながらえるとかき口説《くど》いたのに、死の床《とこ》でさえ彦十郎は頷いてくれなかった。人として生まれたのだから、人として死にたいと言って譲らなかった。そんな男だからこそ愛しかった。…無理やり眷属にすることは出来なかった。

彦十郎が黄泉路《よみじ》を下ってから思い付いた。彦十郎は娘と孫息子を遺してくれた。娘の方にはまるで惹かれないが、孫息子――光彬は彦十郎と同じ血と魂を受け継いでいる。あの子が居てくれれば、独りにならずに済む。

……ああ、けれどあの子も人間なのだ。彦十郎と同じく、あと数十年もすれば死んでしまう。ならば、また受け継がせればいい。彦十郎の血を。魂を。

「…死んでも離れぬ。そなたと私は、永遠に一緒じゃ…」

ほころびた壁の隙間から差し込む夕日が、小さな手を紅《あか》く照らしていた。

# あとがき

AFTERWORD……………………

―宮緒 葵―

こんにちは、宮緒葵《みやおあおい》と申します。『華は褥《しとね》に咲き狂う6～恋と闇～』お読み下さりありがとうございました。

前巻よりディアプラス文庫さんに移籍したこのシリーズも、何と六巻目に突入です。そして六巻目にしてとうとう、何故光彬《みつあき》が将軍の座に就《つ》けたのかという伏線を回収することが出来ました。一巻が発売されたのが二〇一五年なので、実に六年かかっての伏線回収…。我ながらよく回収出来たなあと感動しています。

そして、前巻で名前だけ出ていた純皓《すみひろ》の異母兄、麗皓《つぐひろ》と佐津間《さつま》藩主の志満津《しまづ》隆義《たかよし》もようやく登場です。この二人の登場によって、恵渡《えど》も幕府も、そして光彬や純皓、鬼讐丸《きしゅうまる》たちも大きく運命を揺り動かされていくことになります。

麗皓は純皓とは違う意味で厄介な、一癖も二癖もある人物ですが、根っこのところでは純皓とよく似ていて、とても一途な男でもあります。同じく隆義も、あんな男だけど一途ではあるんですよね。相性としては悪くないはずなんですが、果たして隆義が報われる日は来るのでしょうか…。

色々とストーリーの動いたこの巻で、書いていて一番楽しかったのは何と言っても流鏑馬《やぶさめ》シーンです。光彬が挑戦した小笠懸《こがさがけ》は、昔大河ドラマで実際のシーンを見たことがあるのですが、騎手はほとんど鞍《くら》から身を投げ出すような体勢で射なければならず、卓越した弓術《きゅうじゅつ》と馬術の技術だけではなくバランス感覚まで求められるというすさまじい競技でした。

鎌倉時代の武士の必須スキルだったようですから、鎌倉武士が強いわけですよね…。きっと恵渡では、上様の勇姿に感動した大名たちが国元でも奨励しまくり、騎射ブームが巻き起こりそうな気がします。


今回もイラストは小山田《おやまだ》あみ先生に担当して頂けました。小山田先生、いつもありがとうございます…！　流鏑馬とか直衣《のうし》とか、面倒なものばかりお願いするたび申し訳なくなりますが、先生ならきっと華麗に彩って下さるとわくわくしてしまいます。これからもどうぞよろしくお願いいたします。

いつも応援して下さる読者の皆様、今回もありがとうございました。こうして長くシリーズを続けさせて頂けるのは、ひとえに皆様のおかげです。動乱に巻き込まれていく恵渡と上様の行く末を、最後まで見守って頂ければ幸いです。

一巻から四巻までは電子書籍で配信されていますので、六年ごしの伏線回収記念に一気読みがお勧めですよ！

それではまた、どこかでお会い出来ますように。

# 受け継ぐ痛み

恵渡《えど》に幕府が開かれてよりおよそ百五十年。恵渡城中奥《なかおく》の宝物殿《ほうもつでん》には、神君光嘉《しんくんみつよし》公より伝わる七條《しちじょう》家重代《じゅうだい》の家宝や、諸大名から献上された宝物がところ狭しと収められ、将軍の威光を表すかのように荘厳《そうごん》な空気に満たされている。

将軍その人か、宝物の管理を任された小姓《こしょう》や小納戸《こなんど》たち以外の出入りはご法度《はっと》だ。だが今、しんと静まり返った板張りの空間には、二つの人影があった。

……いや、果たして人と呼んでいいものか。対峙《たいじ》する二人のうち、水干《すいかん》姿の美童は年齢にそぐわぬ妖気めいた空気をまとい、直垂《ひたたれ》の偉丈夫は思わずひれ伏してしまいそうな威厳を放っている。

事実、彼らは人ではなかった。まとう姿は、この世に顕現《けんげん》するためのかりそめに過ぎない。人の手によって創られ、長き時を渡ってきたがゆえに、魂を持つに至った――付喪神《つくもがみ》、とも呼ばれる存在である。

……もっとも、この者が我らの枠組《わくぐみ》に入るかどうかは、甚《はなは》だ怪しいものだが。

直垂の偉丈夫、金龍王丸《きんりゅうおうまる》は謹厳《きんげん》な表情の下でひそかに嘆息《たんそく》した。彼の本体は、宝物殿でも最も奥…一段高い上段の間に、帝王のごとく飾られた黄金拵《ごしら》えの刀である。

銘《めい》に相応《ふさわ》しく刀身にも黄金の龍の彫刻が施《ほどこ》されたそれは、かつて幕府の弥栄《いやさか》と世の泰平《たいへい》を祈って打たれ、神君光嘉公に献上された宝刀だった。魂持つ身としては、唐渡《からわた》りの名物なども珍しくない宝物殿の中では若い部類に入るのだが、将軍の佩刀《はいとう》という栄誉は、いかなる歴史も伝統も押し潰すだけの重みがある。

しかし、口うるさい名物の古老《ころう》たちが金龍王丸に対応を任せ、本体の中で押し黙っているのは、分《ぶん》をわきまえたがゆえではあるまい。…怖いのだ。清浄なる魂に破壊の本性を秘めた、矛盾の塊《かたまり》のようなこの童形《どうぎょう》の剣精《けんせい》が。

「……して、鬼讐丸《きしゅうまる》どの。今日はいかなる用件で参られたのか」

威厳に満ちた低い声で、金龍王丸は重苦しい沈黙を破った。

この宝物殿に、鬼讐丸――どこの刀匠《とうしょう》の手によるものとも知れぬ身でありながら、当代将軍・光彬《みつあき》の守護聖刀に収まった異色の剣精が突然現れたのは、かれこれ四半刻《しはんとき》ほど前のことだ。それからずっと無言でいたのは小柄な身体からただならぬ気配を感じ取ったからだが、鬼讐丸も黙ったままでは埒《らち》が明かない。

「――金龍王丸どのに、頼みがある」

「は、……っ？」

何度も唇を開いては閉じを繰り返し、ようやく告げられた用件に、金龍王丸は言葉を失った。本体にひそむ朋輩《ほうばい》たちからも、強い驚きの気配が伝わってくる。

「……頼み、と申されたか？」

怖々と尋ねれば、鬼讐丸ははっきりと頷いた。

「そうじゃ。…金龍王丸どのでなければ、出来ぬ頼みじゃ」

「…………」

…これは本当に現実だろうか。人ならざる身でありながら、もしや夢とやらを見ているのでは？

そうでもなければ、考えられなかった。歴代将軍の佩刀であり、今も重要な儀式の折は光彬の腰に帯びられる金龍王丸と、光彬の祖父の形見にして日常的に持ち歩かれる鬼讐丸は、言うなれば光彬という一人の男をめぐる仇同士《かたき》のようなものだ。

力ずくでねじ伏せ、命令するというのならまだしも…頼み？　頼みだと？

「…申されよ」

狐につままれたような気分で促《うなが》すと、鬼讐丸は愛らしいと形容出来そうな唇でとんでもないことを言い出した。

「われはしばし、あるじさまのお傍《そば》を離れる。…その間、金龍王丸どのにあるじさまの守護を頼みたい」

「な……」

金龍王丸がとっさに片膝を浮かせるのと同時に、どん、がたん、とあちこちで物音が響いた。

本体の中にひそむ朋輩たちも、こたびばかりは驚愕を隠しきれなかったようだ。

「……正気か？」

人ならざる身がこれほど驚かされることは、今後悠久の時を生きたとしても再びあるかどうか。愚弄《ぐろう》されたとも取られかねない問いに、鬼讐丸は微塵《みじん》も怒りを見せない。

「むろん正気じゃ。金龍王丸どのがこの恵渡城を離れられぬことも、承知の上で申しておる」

「…わけは、聞かせてもらえるのであろうな？」

鬼讐丸の言う通り、幕府繁栄の礎《いしずえ》となることを願って打たれた金龍王丸は、この恵渡城から基本的に離れられない。神君光嘉公を除けば、歴代の将軍は恵渡城を出ることなど生涯通しても稀《まれ》だったから、何の問題も無かったのだ。

だが光彬は、あらゆる意味で規格外だ。市井《しせい》で育ち、民草《たみくさ》を守るためなら時に安全な城から飛び出し、自《みずか》ら刃《やいば》を振るう。臣下を愛し、愛される。そんな将軍は初めてで、どう関わっていいのか、正直なところ迷いもあった。

…だから金龍王丸は、鬼讐丸を心のどこかで羨《うらや》んでいたのだ。伝統も格式も持たぬがゆえに、この童形の剣精は光彬の赴《おもむ》くところ、どこにでも付いて行ける。鬼讐丸もまた、金龍王丸の胸の内を悟《さと》りつつも、そんな己を誇らしく思っていただろうに——何故、自ら身を引くような真似をする？

「…百聞は一見に如《し》かず。こうした方が早いであろう」

小さく息を吐き、鬼讐丸は水干の盤領《あげくび》を留める結紐《むすびひも》を解いた。

どきりとしたのは一瞬。続けて水干の下の小袖《こそで》をはだけられ、金龍王丸は愕然《がくぜん》とする。

「な…、んだ、それは……」

こうした方が早いと言われた意味が、即座に理解出来た。童《わらわ》らしい未発達な薄い胸に、ぽっかりと空いた穴——それは、金龍王丸たち人ならざる身には本来、ありえない現象なのだ。

こうして人の姿を取っていても、金龍王丸の本体はあくまで刀である。刀が損《そこ》なわれない限り、人の姿が傷付くことは無い。

鬼讐丸とて同じことだ。当代一の光彬が鬼讐丸の本体を損ねるような戦い方をするとは思えないし、万が一そうなったとしても、幕府の御用《ごよう》刀匠がすぐさま修復するだろう。普通の人間…いや、あやかしのたぐいでも、本体を通さず魂だけを傷付けるなど不可能だ。出来るとしたら、それは。

「——神、か」

「…さすがは金龍王丸どのじゃ。話が早くて助かる」

衣服を直した鬼讐丸は、淡々と語った。光彬に異常なまでの執着を見せる神…玉兎《ぎょくと》の存在について。

話が進むにつれ、金龍王丸の太い眉がひそめられていく。…新入り小姓の身体を乗っ取り、光彬の寝所《しんじょ》に忍び込んだ。のみならずまんまと逃げおおせた挙げ句、その後も暗躍し続け、今度は武芸上覧《ぶげいじょうらん》の席で奥女中を操り、御台所《みだいどころ》を害そうとするとは。

「……かたじけない」

驚愕、憤《いきどお》り、情けなさ…様々な感情が湧き上がる中、金龍王丸は小さく頭《こうべ》を垂《た》れた。

「き、…金龍王丸どの？」

「かようなことが起きていたのに、恵渡城を守護すべき身でありながら、私は何も知らなかった…」

しかもその間、光彬を玉兎から守っていたのは鬼讐丸なのだ。幼いその身に刻まれた傷にしたって、本来なら金龍王丸が受けるべきだったのに。

「致し方の無いことじゃ。あの者は、あるじさまに仇《あだ》を為《な》そうとして入り込んだわけではない。むしろ情をかけているとも言える。金龍王丸どのが感知出来ぬのも、無理からぬこと」

「…されど、我が身は恵渡城と将軍を守護するために生まれた。神の意図が如何《いかが》であろうと、御当代様の意に染まぬのなら、それは害悪ではないか」

ぎりりと拳《こぶし》を握り締める金龍王丸を、鬼讐丸はしばし見詰め…ふっと微笑んだ。皮肉のひとかけらも無い優しげなそれに、あるはずもない心の臓がどきりと高鳴る。

「金龍王丸どのは、あるじさまによく似ておいでじゃな」

「…さ、左様《さよう》か？」

「ああ。大勢の意見に安易に流されず、物事の本質をまっすぐ見極めようとするところがそっくりじゃ。そういう金龍王丸どのだからこそ、あるじさまを託せると思うた。…われが、あの者に立ち向かえる力を得る時まで」

「────！」

二度はあるまいと思っていた驚きが、金龍王丸をしたたかに打ち付けた。鬼讐丸が、神である玉兎と同等の力を得る。それが何を意味するのか、わからない金龍王丸ではない。

名工《めいこう》の手で生み出され、百年以上の時を経《へ》たことにより、金龍王丸は付喪神となった。神の一柱《ひとはしら》という点においては、玉兎と同格だ。違うのは本体が物質であるか、人間の強い信仰であるか、くらいであろう。

ならば戦国の世に生まれた鬼讐丸もまた神なのかと問われれば、金龍王丸としては否《いな》と答えざるを得ない。…確かに、妖刀として数多《あまた》の人々を虐殺していた頃は、神ではあったのだろう。…祟《たた》り神、という名の。

だが、鬼讐丸を妖刀ならしめていた怨念は光彬とその祖父によって浄化され、そこから今の鬼讐丸が生まれた。つまり今の鬼讐丸はあくまで剣に宿った魂…剣精であって、神ではない。神とそうでないものの間には、決して越えられぬ高い壁がそびえている。強い破壊の力を持つ鬼讐丸が、何度も玉兎にしてやられているのはそのせいだ。

壁を越えるには、自分もまた玉兎と同じものに…神になるしかない。だが、剣精としてはまだ生まれたてにも等しい鬼讐丸が、そんな理《ことわり》をねじ曲げるような真似をすればどうなるか…！

「…わかって、おられるのだな」

静謐《せいひつ》な表情を読み取り、肩を落とす金龍王丸に、鬼讐丸は頷く。

「ああ。…わかっているとも」

だが、この童形の剣精は退《ひ》く気など欠片《かけら》も無いのだろう。光彬の守護聖刀としての務めをまっとうする。鬼讐丸の頭には、それだけしか無い。

……漢《おとこ》の顔だ。

ともすれば稚児《ちご》と間違われかねないなりをしていようと、どんなに不遜《ふそん》な物言いをしようと、鬼讐丸は漢なのだ。今までのわだかまりを、妬《ねた》ましさを、金龍王丸は捨てた。鬼讐丸が漢であるのなら、自分もまた後事《こうじ》を託されるに相応しい漢でありたい。

「──貴殿《きでん》が本懐《ほんかい》を果たされるまで、御当代様はこの金龍王丸が魂にかけてもお守りしよう。…だから貴殿は、必ず御当代様のもとへ帰り、再び守護聖刀となるのだ」

儚《はかな》い望みと承知の上だった。

「むろんじゃ。…頼むぞ、金龍王丸どの」

請《う》け合う鬼讐丸もまた、我が身を待ち受ける運命を承知していただろう。

だが二振《ふたふ》りの刀がその夜、最後に交わしたのは笑顔だった。

もうひとつの
恋と闇
つけてない日はおしおきですからね！
うっ…
…はい。
咲様命
ピッ ピッ
おやまだあみ。

この本を読んでのご意見、ご感想などをお寄せください。
宮緒 葵先生・小山田あみ先生へのはげましのおたよりもお待ちしております。

〒113-0024　東京都文京区西片2-19-18　新書館
[編集部へのご意見・ご感想] ディアプラス編集部「華は褥に咲き狂う6 ~恋と闇~」係
[先生方へのおたより] ディアプラス編集部気付 ○○先生

- 初出 -
華は褥に咲き狂う6 ~恋と闇~：書き下ろし
受け継ぐ痛み：書き下ろし

[はなはしとねにさきくるう]
華は褥に咲き狂う6 ~恋と闇~

著者：宮緒 葵 みやお・あおい

初版発行：2021年2月25日

発行所：株式会社 新書館
[編集] 〒113-0024
東京都文京区西片2-19-18　電話（03）3811-2631
[営業] 〒174-0043
東京都板橋区坂下1-22-14　電話（03）5970-3840
[URL] https://www.shinshokan.co.jp/

印刷・製本：株式会社 光邦

ISBN978-4-403-52525-4 